D1678067

Elizabeth Parker
LIZZIE´S PARADISE

Lizzie´s Paradise
© Text Elizabeth Parker 1997
© Illustrationen Martina Selway 1997

Die Deutsche Bibliothek - CIP-Einheitsaufnahme:

Parker, Elizabeth:
Lizzie´s paradise / Elizabeth Parker. - Ratingen/Deutschland :
Melina-Verl., 1997
Engl. Ausg. u.d.T.: Parker, Elizabeth: Lizzie´s paradise
ISBN 3-929255-25-1

Herausgeber: Melina-Verlag
Am Weinhaus 6, D-40882 Ratingen/Deutschland
Telefon: 02102/9594-0, Telefax: 02102/9594-33
Internet: http://www. melina-verlag.de
Email: redaktion@melina-verlag.de
Übersetzung: Christine Hens
Lektorat: Marianne Kurz
Umschlaggestaltung und Fotografien: Ewald Hein
Layout: Anette Hein
Lithos: Basis-Druck, Duisburg
Druck: MA-TISK, Slowenien

ISBN 3-929255-25-1

Alle Rechte der Verbreitung, auch durch Film, Funk, Fernsehen, fotomechanische
Wiedergabe, Tonträger jeder Art und auszugsweiser Nachdruck, sind vorbehalten.

Elizabeth Parker

Lizzie´s Paradise

Illustration Martina Selway

Melina-Verlag

INHALT

Dank an Alison, Arthur und Jim, die mir geholfen haben!
Dank auch an Judy Watson, die das Manuskript abgeschrie-
ben und dadurch unserem Verleger Ewald Hein ermöglicht
hat, das Buch zu lesen und herauszugeben.
Ewald Hein "Vielen Dank".
L.P.

Für meinen Ehemann John Aston, der daheim wartete.
M.S.

Lizzie´s Yacht Club hat jetzt einen neuen Besitzer und ist nach
vielen Veränderungen erfolgreich.

Im Schatten der Mittagssonne

KAPITEL 1

APHRODITE

But I, being poor, have only my dreams;

I have spread my dreams under your feet;

Tread softly, because you tread on my dreams.

W.B. Yeats

Vor fünfundzwanzig Jahren fuhr ich zum ersten Mal mit meinem zweiten Mann, Richard, nach Griechenland. Es war eine Pauschalreise, wir flogen von Gatwick nach Athen und dann weiter mit einer kleinen Maschine der Olympic Air nach Lesbos. Das Flugzeug kreiste über der Insel, die vom türkisfarbenen Meer umgeben war, und kam schließlich auf einer holprigen Landebahn unter heftigem Schütteln an einer Baracke zum Stehen.

Es war Mitte Juni. Während wir zu den wartenden Taxis hinübergingen, spürte ich, wie die Wärme der Sonne in meine Haut eindrang und meinen Körper mit Energie füllte. Der Himmel war strahlend blau und wolkenlos. Das Taxi fuhr uns auf einer kurvenreichen Strecke einen kargen Berg hinauf und wieder hinunter durch Täler, wo silbrig-grün schimmernde Olivenbäume das Land bedeckten. Die Schatten der knorrigen Stämme erinnerten mich an alte Männer. Auf weiten Flächen wurde Wein angebaut. Er stand in schnurgeraden Reihen und hatte bereits junge Triebe. Orangenplantagen und Limonenbäume mit sattgrünen Blättern warfen ihre Schatten auf die Wildblumen. Das Taxi drosselte die Geschwindigkeit, da eine Herde mit Ziegen und Schafen die Straße überquerte. Die Tiere trugen Glocken um den Hals. Die jungen Ziegen trippelten den Berg hinauf, gefolgt von den Muttertieren, deren Euter prall mit Milch gefüllt waren.

Dann erblickten wir wieder das glasklare Wasser des Meeres. Wir hatten ein kleines Hotel gebucht, von unserem Reisevermittler als "einfach ausgestattet im landesüblichen Stil, direkt am Meer" beschrieben. Auf letzterem hatte ich bestanden, da ich zu jeder Tageszeit schwimmen gehen wollte. Wir waren in einem winzigen Dorf, wo sich weiße Steinhäuser von einer halbrunden Bucht den Hügel hinaufschlängelten. Eine Hafenmauer gewährte zahlreichen blau, grün und gelb gestrichenen *Caiquen* (Wassertaxis) Schutz. Unser Hotel lag direkt am Ufer am Ende der Mole. Richard bezahlte den lächelnden Taxifahrer, und wir stiegen mit unseren Koffern die Treppen hinauf. Weiße und rote Geranien in farbigen Töpfen säumten die weißen Stufen, und wir kamen durch einen mit purpurroten Bougainvilleen berankten Bogengang zur offenen Eingangstür.

»*Elate*, treten Sie ein, ich heiße Sie willkommen«, eine Frau mit silbergrauem Haar, ganz in Schwarz gekleidet, erschien an der Rezeption in der Halle.

»Herr und Frau Parker aus England? Wie war Ihre Reise?« fragte sie in Englisch mit amerikanischem Akzent. »Mein Name ist Eleni, ich werde Ihnen jetzt Ihr Zimmer zeigen, Sie sind sicherlich müde.«

Wir folgten ihr eine Holztreppe hinauf bis zum Treppenabsatz, dann öffnete sie die Tür zu einem dunklen Raum und sagte stolz: »Das ist unsere Luxussuite!« Ich konnte wirklich nichts sehen, bis sie die Fensterläden zum Balkon öffnete und auf die Ausstattung des Zimmers hinwies. Es gab zwei Einzelbetten mit Metallrahmen, bedeckt mit weißen Bettüberwürfen. In der Ecke stand ein Kleiderständer, daneben eine weiße Kommode und neben jedem Bett ein Korbstuhl. Auf dem Linoleumboden zwischen den Betten lag ein gestreifter Baumwolläufer. Aber es war vor allem die Tapete, die mir ins Auge stach. Sie war in blassem Rot gehalten mit Blumenranken, die waagerechte Muster bildeten. Allerdings mußte der Dekorateur entweder betrunken oder blind gewesen sein, weil die Muster ganz und gar nicht in einer Reihe verliefen. Dadurch wirkte der Raum schief. Ich fragte mich, was Laura Ashley wohl dazu gesagt hätte. Mitten im Raum baumelte eine einzelne Glühbirne. Drei Bilder, Fotografien aus einem Schweizer Kalender mit verschneiten Landschaften, hingen unsymmetrisch an einer Wand. Über dem Bett befand sich das Gipsrelief einer Papageienschaukel, allerdings falsch herum!

»Ich möchte Ihnen die Dusche zeigen.«

Mit offenem Mund folgten wir ihr zu einer Schiebetür aus Holz. Sie schaltete das Licht an, und vor uns lag ein schrankartiger Raum mit PVC-verkleideten Wänden. Das Waschbekken in der Ecke war ganz schräg angebracht und konnte nicht bis zum Rand mit Wasser gefüllt werden. Ein Plastikschlauch, der als Dusche diente, war an der Wand befestigt, und ein Loch im Boden diente als Ablauf für das Duschwasser. Die Toilette war nur zu erreichen, wenn man die Tür schloß. Auf einem großen, mit Tesafilm an die Wand geklebten Zettel stand: "WERFEN SIE KEIN PAPIER IN DIE TOILETTE; ES IST GEFÄHRLICH. BENUTZEN SIE DEN DAFÜR VORGESEHENEN EIMER". Mir kam der ganze Raum gefährlich vor, denn mir fiel auf, daß sich die Lichtschalter in der Dusche befanden, und ich sah die blanken Kabel auf der Wand!

»Wenn Sie irgend etwas brauchen, sagen Sie es mir«, gab uns Eleni zu verstehen. »Mein Bruder kennt sich gut mit Reparaturen aus, obwohl er Fischer ist.«

Mit dieser uns verblüffenden Äußerung ließ sie uns dann allein.

»Ich kann es nicht glauben«, brummte Richard ärgerlich, »ich werde mich beim Reisebüro beschweren.«

»Darling, sie sagten uns "einfache Ausstattung", und da wir vorher nie in Griechenland waren, wissen wir nicht, ob ein anderes Hotel wirklich anders ausgestattet ist. Ich mag es, es ist einfach originell! Komm und sieh dir den Ausblick an, wir können draußen sitzen und den Sonnenuntergang anschauen. Der Raum ist doch nur zum Schlafen.«

Wir verbrachten gemütliche Tage, wanderten durch das Dorf, schlürften den starken Kaffee in den einheimischen *Kafenions* und bestellten Oliven, Käse und Brot zu unseren *Ouzos*, dem von den Griechen so heiß geliebten Anisschnaps. Abends probierten wir die köstlichen, hausgemachten Gerichte,

pürierte Tomaten oder Peperonies und Bohnen in einer To-
maten- und Dillsauce. Wir entdeckten auch ein sehr scharf
gewürztes Knoblauchgericht, Skorthalia, aus Kartoffeln, Öl,
Limonen und Unmengen von Knoblauch, das normalerweise
zusammen mit Rotebeete, Zucchini und Fisch gegessen wird.
Die Auswahl war nicht groß, das Dorf war sehr abgelegen,
und man kochte die selbst angebauten Gemüse-sorten entsprechend der Jahreszeit.

Wir lernten die Bewohner des Dorfes kennen. Frauen, die
unermüdlich jeden Morgen den überdachten Vorbau ihrer
Häuser von außen abwuschen, die Treppenstufen fegten und
ihre Decken zum Lüften nach draußen auf den Balkon hängten. Dann saßen sie, putzten Gemüse und bereiteten das Essen für ihre Familien vor. Die vorbereiteten Gerichte wurden zum Dorfofen gebracht, der von allen Dorfbewohnern
zum Garen benutzt wurde. Mit dampfenden Platten kehrten
sie zu ihren einfachen Häusern zurück und setzten sich dann
in den Schatten der Maulbeerbäume an ihre mit Papier-
tischdecken bedeckten Holztische. Die Mahlzeiten wurden
immer mit einem Toast begonnen: »*Yeia mas* - auf uns und
unsere Gesundheit«. Bevor sie am herben, harzigen Wein
nippten, stießen sie mit den bauchigen, dicken Bechern an.
Wir genossen die Unterhaltungen mit Elenis Bruder Jannis,
dem Fischer. Sein Gesicht war tief gebräunt und vom Wind
und Salzwasser gezeichnet. Jeden Tag saß er da und reparierte geduldig seine Netze. Bei Einbruch der Dämmerung
fuhr er mit der dreizackigen Kamaki hinaus. Da seine *Caique*
keinen Motor hatte, ruderte er mit grob behauenen Stöcken
über das ruhige Meer zu den Stellen, wo die Fische waren
und lockte mit einer großen Kerosinlampe die Tintenfische
an. Manchmal kam er nicht vor fünf Uhr morgens zurück.
Am Abend saßen wir dann da und schauten zu, wie die riesige, orangefarbene Sonne langsam am Horizont versank und

den Himmel gelb, purpurn und indigo färbte. Mit dem Sonnenuntergang setzte die Stille ein. Die Zikaden hörten auf zu zirpen, und die Menschen hielten inne, um das wunderbare Licht zu betrachten. Diese Fähigkeit, die Natur so zu genießen, beeindruckte mich am meisten an den Griechen. Nach Tausenden von Jahren der Zivilisation, der Kriege und Besatzungen besaßen die Griechen immer noch die Fähigkeit, das Leben von der ruhigen Seite zu betrachten und sich Zeit zu nehmen, die Schönheiten des Landes von Homer zu genießen.

Diese zwei Wochen vergingen wie im Flug. Es wurde Zeit, zu dem unerbittlich grauen Himmel Englands zurückzukehren. Als wir unsere Taschen packten, träumte ich davon, nach Griechenland zurückzukehren, nicht nur in den Ferien, sondern um dort zu leben. Der Geist und der Zauber des Landes der Götter hatte mich bis ins Innerste meiner Seele erfaßt.

Im Flugzeug erzählte ich Richard von meinem Traum.

»Lizzie, warum dieser Traum?«

»Weil ich nicht weiß, was uns das Leben so bringen wird.«

KAPITEL 2

DIE ENTDECKUNG

Ausschlaggebend für meine Gedanken, mein Leben grundlegend zu verändern, war das englische Wetter. Es war Mitte Mai, und ich saß in meinem bequemen, jedoch schon recht abgenutzten Wohnzimmersessel in meiner etwas heruntergekommenen Doppelhaushälfte viktorianischen Stils und sah zu, wie der Regen gegen die Fensterscheiben prasselte. Ich hatte seit Monaten keinen blauen Himmel mehr gesehen. Meinen Plan, mit einem Freund zum Wimbledon Common zu gehen, mußte ich mal wieder wegen des verflixten englischen Wetters verwerfen. Die Zentralheizung verbrauchte Tausende von Einheiten. Durch das Kondenswasser blätterte im Haus unaufhaltsam die Farbe von den Wänden. Die Feuchtigkeit hatte ein noch nie dagewesenes Ausmaß erreicht, mir war kalt, und ich fühlte mich depressiv.

Warum lebte ich als Frau mittleren Alters, wieder Single, nicht gebunden durch kleine Kinder, immer noch in diesem ungesunden Klima? Warum klebte ich an meinem stressigen Job als Sozialarbeiterin in einer konservativen Stadt, in der die Finanzkürzungen die Arbeit fast unmöglich machten? Meine Kinder konnte ich nicht mehr als Ausrede für mein Festhalten an England benutzen. Fiona, meine älteste Tochter, war nun neunundzwanzig und lebte schon seit vielen Jahren in einer festen Partnerschaft, und Alison, eine siebenundzwanzigjährige Graecophile, verbrachte die meiste Zeit des Jahres in Griechenland. Sie hatte einen Job und einen griechischen Freund. Simon war jetzt achtzehn, ungebunden, und wollte zur Universität gehen. Ich konnte und mußte sie jetzt "loslassen". Ich sprang vom Sessel auf, suchte die Gelben Seiten des Telefonbuches und rief alle Grundstücksmakler

15

Haus im Regen

an, die sich auf Griechenland spezialisiert hatten. Es gab allerdings nur wenige. Ich bat sie, mir genaue Informationen über Häuser in Griechenland zu senden, nannte aber keinen Preis, da ich sowieso kein Geld hatte. Ich hatte immer wieder in Griechenland Urlaub gemacht und jedes Mal ein anderes Gebiet und andere Inseln ausgewählt. Es war unglaublich, dieses gebirgige, alte Land erstaunte mich immer wieder mit seinen Kontrasten. Jede Insel war vollkommen anders und einzigartig. Der azurblaue Himmel, das warme, blaue Meer, das unendliche Licht, die Menschen mit ihrem Humor, ihrer Gelassenheit und ihrer nicht materialistisch orientierten Lebenseinstellung. Sie lebten richtig. Dort könnte ich meinen Frieden finden.

Ich kannte die Gebiete, die man meiden mußte. Korfu war eines von ihnen. Martina und ich hatten vor acht Jahren unsere Ferien dort verbracht in der hübschen Bucht von Paleokastritsa, die durch Pauschaltouristen verdorben war. Aus den Discos ertönte jede Nacht der Lärm. Paros, Tinos und Santorini waren überlaufen von Rucksacktouristen, die nach durchzechten *Ouzo*-Nächten erschöpft in ihren Schlafsäcken entlang der Hauptstraße lagen wie auf einem Schlachtfeld. Ich hatte auch davon gehört, daß es passieren konnte, wegen eines Sturms Wochen auf ägäischen Inseln festzusitzen, wenn sämtliche Fähren und Inlandflüge den Verkehr eingestellt hatten. Was war, wenn ich ins Krankenhaus oder plötzlich wegen Krankheit zu meinen Kindern zurückkehren mußte? Der Peloponnese war mit ehemaligen Briten übervölkert. Die Deutschen hatten auf Mani ganze Dörfer aufgekauft. Der Nordwesten war mit temperamentvollen Italienern übervölkert, die ihren Unrat ins Meer warfen. Ihre Hochglanz-Powerjachten ließen auf dem Wasser Unmengen von Cola-Dosen und Plastiktüten zurück. Ja, ich wollte eine Insel, aber eine in der Nähe des Festlandes.

Im Juni erhielt ich per Post eine Liste über Kaufobjekte in Griechenland. Ich suchte unter der Rubrik "Häuser". Bei den meisten handelte es sich um reparaturbedürftige, griechische Bauernhäuser im landesüblichen Stil, was bedeutete: kein Wasser, keine Elektrizität, lediglich die Wände und kein Dach, aber natürlich mit vielen Möglichkeiten. Dann bemerkte ich, daß sie mir versehentlich die Gewerbeangebote mitgeschickt hatten. Unter dieser Rubrik fiel mir folgende Anzeige auf: "JACHTKLUB AUF KLEINER GRIECHISCHER INSEL ZU VERKAUFEN, idyllisches Anwesen, gut eingeführtes Geschäft, bestehend aus einem Haus, einer Taverne, fünfzig Meter vom Meer entfernt. Die Insel Trizonia kann mit dem Wassertaxi vom Festland aus erreicht werden. Es gibt keine Autos auf der Insel."

»Das klingt interessant«, dachte ich. Der Preis schien erschwinglich, wenn ich mein Haus verkaufen würde. Neben meinem Halbtagsjob als Sozialarbeiterin war ich an einem hoffnungslos erfolglosen Jacht- und Chartergeschäft beteiligt; Arthur besaß eine Jacht, und wir hatten einen Skipper namens Jim angeheuert. Meine Tochter Alison arbeitete in einer Taverne auf Paros, hatte aber ihre Illusionen über die Insel bereits verloren. Wenn alles an diesem Ort paßte, könnten wir ein Haus auf einer griechischen Insel haben und ein gewinnbringendes Unternehmen aufbauen.

Ich rief den Agenten wegen weiterer Einzelheiten an, die er mir per Eilboten zukommen ließ. Die Unterlagen enthielten zwei Fotos, eines von Kunden, die auf dem Balkon der Taverne des Jachtklubs saßen. Es bot sich ein prächtiger Ausblick auf das Meer und auf die Berge im Hintergrund. Das andere Foto war vom Dorf, weißgetünchte Häuser mit Fensterläden, direkt am Wasser. Das Haus bestand offensichtlich aus zwei Schlafräumen, einer komplett eingerichteten Küche, einer Taverne, Segelbooten, Surfbrettern und nahezu einem Morgen Land. Zitternd vor Aufregung rief ich Arthur an, um mit ihm meinen Plan zu besprechen. Arthur hatte einen unverbesserlichen Unternehmergeist. Er hatte eine Ingenieurausbildung, aber seine wirkliche Leidenschaft war das Segeln. Wir hatten unsere Geschäftsaktivitäten als Nebenerwerb begonnen, vor allem, damit er sich mit Jachten beschäftigen konnte. Er war ein Machertyp, und als wir uns trafen, um über das neue Projekt zu sprechen, dauerte es nicht lange, bis er von der Idee, einen Jachtklub in Griechenland zu unterhalten, begeistert war. Arthur war nur einmal vorher für einen Kurzurlaub dort gewesen. Er hatte sein Boot von England durch den Kanal über Frankreich nach Italien gebracht. Jetzt lag es in Dubrovnik, aber für dieses Jahr lagen keine weiteren Charterbuchungen mehr vor. Wir vereinbarten, Ende August die Insel Trizonia zu besuchen.

Es mußten Vorbereitungen getroffen werden, Jim sollte die Jacht "Arion Bleu" nach Griechenland bringen und Arthur und mich dort treffen. Ich rief Alison in Griechenland an, erzählte ihr von meiner Entdeckung und fragte, ob sie mit mir kommen wollte. Sie war begeistert und glücklich, mit Demitri, ihrem derzeitigen Freund, eine Woche Urlaub machen zu können, um sich mein eventuelles neues "Business" und das Haus anzusehen. Jedoch hatten weder Ali noch Demitri von Trizonia gehört, sie konnten es auf keiner Landkarte Griechenlands finden. Ich erklärte ihr, daß die Insel nur drei Meilen lang und zwei Meilen breit sei. Wir vereinbarten, uns an einem bestimmten Tag im Hafen zu treffen, wo Jim, wie wir hofften, mit der Jacht auf uns warten würde.
Ich begann, an der Existenz der Insel zu zweifeln, wenn nicht einmal ein Grieche von ihr gehört hatte. Also rief ich den Agenten an. Dieser telefonierte mit dem derzeitigen Besitzer, der jetzt in England war. Er schickte uns eine Beschreibung, wie wir nach Trizonia gelangen konnten. Die Insel existierte also! Das ist ein Abenteuer, das Martina sicherlich begei-

19

stern wird, sagte ich mir, nachdem ich die komplizierten Anweisungen gelesen hatte. Ich rief sie an und fragte, ob sie Zeit und Lust hätte, im August mit nach Griechenland zu fahren.

»Du kennst mich, Liebes«, sagte sie, »ich werde meine Arbeit zu Ende bringen, und dann wird mich nichts davon abhalten, dich zu begleiten, ich kann es gar nicht erwarten.«

So buchte ich also unsere Flugtickets nach Athen, kaufte ein griechisches Wörterbuch und einen Sprachführer, um meine geringen Griechischkenntnisse zu verbessern, die begrenzt waren auf "Danke schön" und Sätze wie "Ich bin nicht interessiert" für den Fall, daß mich heißblütige Griechen ansprachen oder geschäftstüchtige Verkäufer und Zigeuner mir Plastikstühle aufdrängen wollten. Ich wiederholte "Ich habe mich verlaufen", da ich sicher war, daß ich diese Wörter brauchen würde. Durch Zufall fand ich eine Landkarte in großem Maßstab, auf der Trizonia als kleiner Flecken im Meer zu sehen war.

Von den gegenwärtigen Besitzern der Taverne sammelte ich so viele Informationen, wie ich bekommen konnte: Wie kommen wir an den Schlüssel des Hauses, und wie ist die Katze, die sie wegen der Quarantänebestimmungen zurücklassen mußten, zu füttern, wenn sie noch lebt. Ende August verschloß ich die abblätternde Außentür meines Reihenhauses in Wimbledon, um Ferien zu machen, die mein ganzes Leben verändern sollten.

Martina, Arthur und ich kamen irgendwann im September um vier Uhr morgens in Athen an. Es war noch dunkel draußen, als wir landeten. Wir hätten überall sein können. Als sich jedoch die Türen der Boeing 737 öffneten und uns der schwere Harzgeruch und die laue, wohlriechende Sommernachtsluft entgegenkamen, war uns unmißverständlich klar: Wir waren in Griechenland.

Zusammen mit den anderen Passagieren gingen wir über die Rollbahn in das nahezu ausgestorben wirkende Flughafengebäude.

»Ich hole uns einen Gepäckwagen«, sagte der ständig aktive Arthur. Er entfernte sich und kam fünf Minuten später wieder, jedoch ohne Gepäckwagen. »Dort sind keine«, sagte er. »Gut, aber die anderen haben auch welche gefunden«, entgegnete Martina. »Woher haben die sie denn?«

Da ich inzwischen die Eigenarten der griechischen Flughäfen kannte, ging ich zu dem Metallzaun, an dem Gummistreifen flatterten, und kroch durch die Abgrenzung nach draußen zum Taxistand. Dort standen eine Menge Gepäckwagen auf der Straße. Ich nahm einen leeren Wagen mit in die Gepäckhalle, niemand hielt mich an. Die Zollabfertigung lag links von mir. Als Drogenschmuggler hätte ich ein leichtes Spiel gehabt. Der Zollbeamte sah uns kaum an, es schien noch viel zu früh zu sein.

»So, wie kommen wir jetzt um diese Zeit zum Busbahnhof?« fragte Martina. »Ist hier zu dieser unchristlichen Stunde ein Taxi zu bekommen?«

Es war jetzt fünf Uhr morgens, und der erste Bus zum Hafen gegenüber von Trizonia fuhr nach unserer Information erst um 6.15 Uhr ab.

»Überlaßt das mir«, sagte Arthur und schob den voll beladenen Gepäckwagen über die Straße. Er ging auf das erste Taxi in der langen, gelben Taxischlange zu.

»Per favore, dove stazione?«

Arthur hatte sich geschäftlich in Italien aufgehalten und war stolz auf die wenigen Worte, die er dort gelernt hatte, aber hier war er in Griechenland! Der dunkelhäutige, bärtige Grieche musterte ihn von oben bis unten.

»Sprichst du Englisch, Kleiner?« fragte er.

»Ja, natürlich. Wir möchten zum Kiffisou Busbahnhof, per favore«, antwortete Arthur.

21

Der Taxifahrer stieg aus, um den Kofferraum für unser Gepäck zu öffnen. In der nächsten Sekunde setzte sich der Wagen von selbst in Bewegung und rollte die Schräge hinab. Die Menschen um uns herum begannen zu schreien, und gerade, als das Fahrzeug auf einen nichtsahnenden Priester zusteuerte, sprang der Fahrer auf den Fahrersitz und zog die Handbremse an. Etwas nervös nahmen wir alle auf dem Rücksitz Platz.

Man sagt hier:»Die meisten Griechen sind die nettesten und gastfreundlichsten Menschen der Welt, der Rest ist nach Athen gegangen, um Taxifahrer zu werden!«

Da ich schon Erfahrungen mit ihren Tricks gemacht hatte, prüfte ich, ob der Zähler eingeschaltet und ob der korrekte Tarif eingegeben war. Dieser Taxifahrer war jedoch ehrlich und sehr gesprächig. Er erzählte uns, daß er sieben Jahre in Australien gelebt und dort einen Laden gehabt hatte. Doch wegen des großen Heimwehs mußte er nach Griechenland zurückkehren. Er gab sich jetzt damit zufrieden, in der Stadt mit der größten Umweltverschmutzung Europas umherzufahren. Das griechische Wort für diese große Liebe zu ihrem Griechenland heißt "*Romiosini*". Immer wieder habe ich Griechen getroffen, die versucht hatten, weit entfernt von ihrer Heimat Arbeit zu finden und ein neues Leben aufzubauen; im Endeffekt kehrten sie aber doch zurück, da kein Land mit ihrem Griechenland zu vergleichen war. Ich begann, sie zu verstehen.

Die Sonne ging auf und färbte den Himmel intensiv orange. Wir fuhren vorbei am *Parthenon*, dessen Konturen sich am Horizont abzeichneten. Athen erwachte. Die ersten Menschen gingen zur Arbeit. Die Markisen vor den Geschäften wurden ausgefahren, um die Waren vor der unerbittlich scheinenden Sonne zu schützen. Der Duft von Kaffee und *Souvlaki*, den auf Holzkohlefeuer gebratenen Spießen, wehte uns von jeder Straßenecke entgegen. Dies war der Grund, warum sie alle

Griechischer Bus

zurückkehrten und warum auch ich immer und immer wieder nach Griechenland fuhr. Und diesmal vielleicht sogar, um mich hier niederzulassen.

Am überfüllten Busbahnhof bezahlten wir unseren Taxifahrer und verabschiedeten uns mit einem *"Kalo Taxithi"* (Gute Reise). Wir fanden schließlich die Fahrkartenausgabe, wo uns ein verschlafen aussehender Grieche mit einem Kaffee in der einen und einem Kugelschreiber in der anderen Hand sorgfältig unsere Tickets ausstellte.

»Gibt es in griechischen Bussen numerierte Plätze?« fragte Martina. »Ich kann nicht hinten sitzen, weil mir dann schlecht wird.«

Der Fahrkartenaussteller verstand sie aber nicht. Martina zog einen Stift aus der Tasche und machte eine Skizze, zeichnete einen Bus mit drei vorne sitzenden Personen.

Arthur kommentierte leise: »Sie hätte nur einfach die Zahlen draufschreiben müssen!«

Der Fahrkartenaussteller sah sich die Zeichnung an und zerriß unsere Tickets. Dann stellte er drei neue aus, numeriert mit den Zahlen vier, fünf und sechs. Die Schlange hinter uns wurde länger. Doch er ermunterte Martina, ihn zu zeichnen, und sie mußte von ihm eine kleine Skizze machen. Niemand der Wartenden schien sich daran zu stören. Sie schauten Martina zu und gaben ihre Kommentare ab, ob das Bild Ähnlichkeit mit ihm hatte oder nicht.

Wir stellten unser Gepäck seitlich unten im Bus ab und fragten mindestens sechs Personen, ob der Bus an unserem Hafen auch anhalten würde. Dann stiegen wir ein. Langsam füllte sich der Bus. Menschen mit Plastiktüten und Paketen unterschiedlichster Form und Größe ließen sich auf irgendeinem freien Platz nieder. Wenn jemand den Platz mit seiner Nummer besetzt vorfand, schimpfte und gestikulierte er so lange, bis der unrechtmäßig Sitzende den Platz schließlich verließ. Zehn Minuten bevor der Bus abfahren sollte, erschien ein alter Mann. Er stand am Fahrersitz und musterte die Menschen im Bus. Dann hob er seinen rechten Arm, der nur noch bis zum Ellbogen reichte und zeigte mit seiner linken Hand auf den Stumpf. Dabei sang er etwas auf Griechisch, nahm seine schmutzige Mütze ab und hielt sie uns hin. Alle Fahrgäste suchten irgendwo in der Tasche nach einer Münze und warfen sie in die Mütze, als er vorbeikam. Wir folgten dem Beispiel, weil wir insgeheim befürchteten, sonst auch einen Unfall zu erleiden, verletzt zu werden oder sogar unseren rechten Arm auf der Reise zu verlieren.

Der Fahrer schwang sich auf seinen Sitz und schaltete sofort das Radio an. Dann stellte er die Spiegel richtig ein und überprüfte seine Glücksbringer, ein Bild der Jungfrau Maria, einen riesigen Rosenkranz mit Kreuz und ein Pin-up von Marilyn Monroe. Als er startete, bekreuzigte sich fast jeder im Bus. Ich war schon jetzt in einem furchtbaren Zustand nervöser Anspannung. Sollte ich mich auch bekreuzigen, um uns eine gute Reise zu sichern? Nein, ich war Fatalist. Ich biß die Zähne zusammen, als der Bus den Busbahnhof verließ, begleitet von lauter *Bouzouki*-Musik. Nur knapp verfehlten wir ein Motorrad, auf dem ein Mann, eine Frau und zwei Kinder saßen. Ich stellte fest, daß die Busse in Griechenland immer pünktlich abfuhren. Das erstaunte mich immer wieder in diesem Land, in dem sonst niemand auf die Zeit achtete.

Ich erinnerte mich an eine Busfahrt, die ich gemacht hatte, als ich von einem zweiwöchigen Urlaub auf dem Peloponnes zurückfuhr. Ich hatte eine dreistündige Fahrt nach Athen vor mir und danach noch eine Stunde Aufenthalt auf dem Flughafen vor dem Abflug nach England.

Am Abend vor der Rückreise ging ich bis spät in die Nacht mit Freunden zum Essen aus und danach noch zum *Bouzouki*. Als ich morgens in den Bus stieg, hatte ich einen furchtbaren Kater. Ich schlief die ersten zwei Stunden neben einer aufrecht sitzenden griechischen Lady, bis der Bus an der Straße von Korinth stoppte. Alle stiegen auf einen Kaffee und einen *Souvlaki* aus. Ich suchte sofort die Toilette auf, schluckte zwei Aspirin und wartete, den Kopf zwischen den Händen haltend, auf die Wirkung. Als ich dann zurückkam, war der Bus bereits abgefahren.

»Verdammt!« schrie ich beim Anblick der leeren Parkbucht. Niemand hatte mir Bescheid gesagt. Die griechische Lady hätte zumindest bemerken müssen, daß ich nicht eingestiegen war. Ich hatte meine Handtasche auf dem Sitz liegen lassen, und mein gesamtes Gepäck befand sich ebenfalls im Bus.

Als ich dort wie verloren stand, den Tränen nahe, kam ein netter, junger Grieche auf mich zu und fragte, ob er mir helfen könnte. Ich erzählte ihm mein Mißgeschick, daß ich in zwei Stunden das Flugzeug nehmen müßte und sich mein gesamtes Gepäck in diesem verdammten Bus befände, einschließlich der Tickets.

»*Oxl provlima* (Kein Problem)«, sagte er, »ich werde Sie mitnehmen.«

Total erleichtert und glücklich nahm ich sein Angebot an. Ich wußte, daß ich in Griechenland ohne Bedenken als Anhalter fahren konnte, da es für die Griechen üblich und normal ist, andere mitzunehmen. »Welch ein Glück«, dachte ich und folgte ihm zu seinem Fahrzeug. "Ich werde gemütlich dort ankommen und noch viel Zeit haben, um mein Gepäck vom Busbahnhof abzuholen."

»Hier sind wir, hinein mit Ihnen!«

Er zeigte auf einen riesigen Tanklastzug mit zwei Containern. Etwas zögernd stieg ich in die Fahrerkabine, setzte mich neben ihn und er startete. Er fuhr wie ein Rennfahrer, überholte alles und raste wie ein Verrückter lachend durch die Kurven. Außerdem rauchte er ununterbrochen und schnippte die Asche aus dem Fenster. Sie flog nach hinten auf die hoch entflammbare Ladung, die wir hinter uns herzogen.

»Mein Flugzeug startet nicht vor 14.30 Uhr«, schrie ich und

hielt mich krampfhaft mit einer Hand am Türgriff fest. Mit der anderen stützte ich mich vorne ab, um einem Aufprall gegen die Windschutzscheibe entgegenzuwirken.

Schließlich überholte er "meinen Bus", gestikulierte mit den Händen und rief dem ahnungslosen Busfahrer zu :»*Malaka* (Wichser)!«

Wir rasten weiter den National Highway entlang, bis wir einen Polizeiwagen an einer Straßenkreuzung entdeckten. Mit quietschenden Bremsen kam er zum Stehen. Ich dachte, die Container hinter uns müßten jetzt krachend durch die Fahrerkabine rasen. Mir war schlecht. "Lohn der Angst" war nichts dagegen.

Sir Galahad schwang sich aus seiner Kabine und ging hinüber zur Polizei. Sie unterhielten sich, und er zeigte dabei oft auf mich und die Straße. Alle zündeten sich Zigaretten an. Zu meinem Erstaunen sperrte die Polizei die Innenspur der Straße ab, stellte Warnzeichen auf und schaltete die Blinklichter ein. Nach ungefähr zwei Minuten sahen wir den Bus auf uns zukommen. Die Polizei stoppte ihn. Ich sah sie wieder gestikulierend auf mich zeigen und hörte sie schimpfen. Dann kam der Polizist zu mir und half mir zusammen mit dem Fahrer beim Aussteigen.

»*Efharisto poli* (Vielen Dank)«, brachte ich mit trockenen Lippen hervor, als sie mich zum Bus brachten.

»*Tipota* (Ist schon in Ordnung)«, sagten sie und schoben mich in den Bus.

Der Busfahrer schien dasselbe zu denken. Er sah mich kaum an und stotterte:»Setzen Sie sich.«

Da war meine Tasche, aber die griechische Lady war nicht mehr da. Vielleicht hatte sie den Bus in Korinth verlassen, und ich hatte sie zu Unrecht beschuldigt. Niemals wieder habe ich bei Kaffeepausen während einer Reise in einem griechischen Bus den Fahrer aus den Augen gelassen.

Jetzt überquerte der Bus mit Martina, Arthur und mir die Straße von Korinth mit ihren steilabfallenden Wänden, das Meer zu unserer Rechten und die Berge zu unserer Linken. Die Sonne schien, und mir war warm, das erste Mal seit Monaten. Wir machten eine Kaffeepause in Korinth. Martina ließ den Fahrer nicht aus den Augen.

»Mein Gott, nein, er meint jetzt, du seist an ihm interessiert«, sagte ich. Für den Rest der Reise schaute er sich ständig um und lächelte Martina an, fuhr dabei aber ein halsbrecherisches Tempo. Die Fahrt dauerte mehrere Stunden und führte durch Olivenhaine und über mit hohen Zypressen bedeckte Hügel - eine typisch griechische Landschaft. Dazwischen schimmerte immer wieder das hellblaue Wasser des Meeres. Wir fuhren vorbei an kleinen, neugebauten Häusern aus Beton. Alle wirkten unfertig und warteten auf die zweite Etage, die Eisenstangen ragten aus jedem Flachdach heraus. Eine Methode, die Grundsteuer zu sparen, darum wird in Griechenland kein Neubau je fertiggestellt.

Es war Mittag, als der Bus uns am Hafen absetzte. Steif vom langen Sitzen wankten wir mit unserem Gepäck zum Hafen hinunter. Wir hatten vereinbart, Alison und Demitri dort zu treffen. Bevor wir die Anlegestelle erreichten, konnten wir den langen Mast der "Arion Bleu" zwischen den *Caiquen* erkennen.

Jim wartete bereits mit seiner neuen Crew, zwei Mädchen, die in Jugoslawien zugestiegen waren. Ich hatte weder Jim noch die Mädchen vorher gesehen. Jim war schlank und braun gebrannt, er wirkte kraftvoll und hatte eine ruhige, souveräne Art. Sharon und Lou waren offen und gesprächig. Sie lebten derzeit in Australien. Alle drei waren im Alter von etwa dreißig Jahren. Alison sah blendend aus, und Demitri war charmant wie immer.

Wir machten die Leinen los, um nach Trizonia zu segeln. Glücklich, uns endlich nach Monaten wiederzusehen, unterhielten Alison und ich uns während der ganzen Fahrt. Die Reise vom Festland dauerte mit leichtem Rückenwind ein- einhalb Stunden. Wir sichteten zuerst ein senkrecht aus dem Meer ragendes rotes Riff, dann eine Reihe grüner Hügel. Die Segel wurden eingezogen und der Motor gestartet. So kamen wir näher und näher, bis wir die erste Halbinsel, das Dorf der Insel Trizonia, klar erkennen konnten.

Ich stand am Bug und nahm die unterschiedlichen Eindrücke auf, als das Schiff langsam um die Insel herumfuhr in Rich- tung Hafen. Ich versuchte, nicht zu aufgeregt zu sein. Da muß- te ein Haken sein, bis jetzt erschien alles zu schön, um wahr zu sein. Wir fuhren links an einer kleinen Insel vorbei, dann durch eine Enge von circa hundert Fuß, rechts lag ein Leucht- turm. Wir befanden uns in dem perfektesten Naturhafen, den ich je gesehen hatte. Das Land erhob sich steil vom kleinen Kiesstrand aus. Ungefähr fünfzig Meter oberhalb stand ein Haus, "THE YACHT CLUB". Es war das einzige Gebäude dort. Der größte Teil des Hauses war verdeckt von Mandel- und Olivenbäumen. Es existierte also!

Wir legten unterhalb im kristallklaren Wasser an. Martina, Lou und Sharon sprangen sofort ins Meer und verscheuchten dadurch die Fische, die um das Boot herumschwammen.

Ungeduldig wie immer sagte ich:»Kommt her, laßt uns die Schlüssel holen und einen Blick ins Haus werfen.«

Wir ließen die drei Mädchen im Wasser zurück, überquerten mit dem Beiboot die Bucht bis zum nahegelegenen Ufer und gingen ins Dorf. Das Dorf bestand aus wenigen weißgetünch- ten Häusern, einem Platz mit einem Kriegerdenkmal, einer Tanne in der Mitte des Platzes, drei Tavernen und einem Mini- markt, dessen Eingang im Schatten eines großen Maulbeer- baumes lag. Gegenüber der nördlichen Insel lag die zweite Bucht, mit einer *Caique* oder einem Wassertaxi in nur fünf Minuten zu erreichen. Die Wellen schlugen gegen die kleinen blauen und weißen Fischerboote, die dort im Wasser lagen.

Erste Ansicht von Trizonia

Welch eine Idylle! Eine große Kirche, in den fünfziger Jahren erbaut, lag auf der weiter entfernten Halbinsel und bildete den Mittelpunkt des Dorfes. Unterhalb des Dorfes spielten einige Kinder am Wasser. Wir sollten den Schlüssel von Xristos Haus abholen, dem Besitzer des Minimarktes und einer Taverne. Ungefähr ein Dutzend alter Griechen saß im Schatten eines Maulbeerbaumes um Tische herum. Sie bemerkten uns und begrüßten uns mit »*Yeia Sou*«. Ich fragte, wo ich Xristos finden könnte. Die alten Männer zeigten auf die Taverne.

Wir traten dort ein. Die Taverne bestand aus wenigen Tischen und Stühlen, einer Bar, einer Kühltruhe und einer weiteren Bar mit einer Theke voller Süßigkeiten, Chips, Zigaretten, Luftpostbriefe, alles wahllos durcheinander. Ich sah einen kleinen Mann mittleren Alters, der Kaffee auf einem kleinen Gaskocher zubereitete. Ich wußte, das mußte Xristos sein und stellte mich ihm in gebrochenem Griechisch vor. Mit einer Handbewegung forderte er uns zum Sitzen auf und brachte uns einen dicken, starken, sehr süßen Kaffee.

Dann holte er den Schlüssel und sagte noch, er habe die Katze gefüttert, sie aber seit Tagen nicht mehr gesehen. Mit dem Versprechen, den Schlüssel vor der Abreise wieder zurückzubringen, ruderten wir zum Ufer unterhalb des Hauses zurück, Sharon, Lou und Martina begleiteten uns.

Wir stiegen aus. Das Kopfsteinpflaster an der Anlegestelle reichte bis an den Metallsteg. Die Planken mußten schon seit langem entfernt worden sein. Dann gingen wir eine enge, staubige Schotterstraße hoch. Wir erreichten zu unserer Linken einige Stufen, die in den Fels gehauen waren. In den Büschen lag ein verwittertes Schild mit der Aufschrift "Jacht Club. Essen ab 19 Uhr". Wir stiegen die Stufen hinauf, die zickzackförmig und steil durch einen verwilderten Garten mit Gräsern, Thymian, Rosmarin, Salbei, Kakteen und zahlreichen Bäumen führten.

31

Plötzlich sahen wir es! Eine Art Holzhaus mit einem Balkon von circa dreißig Fuß. Wir standen alle auf dem Balkon und waren ergriffen von dem Panorama. In der Ferne lagen die Berge des Festlandes, die steil ins Meer abfielen. Ihre Konturen waren wunderschöne, erotisch wirkende Silhouetten. Direkt unter uns war die ganze Weite der Bucht zu sehen, das Dorf zur Linken und dahinter die schmale Wasserstraße zwischen Trizonia und dem Festland. Darin kreuzten Wassertaxis.

»Oh, Mum, das ist wunderschön!« Alison brach als erste das Schweigen.

Jeder stimmte ihr zu, aber was war mit dem Haus? Die Tür zum Eßzimmer klemmte, aber mit etwas Kraft konnte sie geöffnet werden, und wir betraten einen dunklen, muffigen Raum. Es war wie die "Marie Celeste". Die Tische waren aus alten Nähmaschinenunterteilen gemacht, die Stühle standen zurückgeschoben entlang der Wand. Jachtklub-Flaggen hingen von den Balken der Decke. In der Bar am hinteren Ende waren noch leere Flaschen in den Regalen, und leere Gläser standen auf der Theke. Alles war bedeckt mit Spinnweben, und der modrige Geruch eines verlassenen Hauses waberte in der Luft. In der Küche hinter dem Eßzimmer stand noch Geschirr im Spülbecken, im Wohnzimmer lagen einige schmuddelige Kissen auf dem Boden, außerdem gab es einen Holzbrennofen. Der Raum hatte eine niedrige Decke mit hübschen Längsbalken. Eine Holztreppe führte von diesem Raum zu zwei winzigen Schlafräumen mit Dachschrägen. Dazwischen lag ein Badezimmer mit einer kleinen Sitzbadewanne. Mausedreck überall war der Beweis dafür, daß lange Zeit niemand diesen Raum betreten hatte.

Aus den vielen »Oohs« und »Aahs« und den unterschiedlichen Kommentaren entnahm ich, daß alle diese verlassene Hütte retten wollten.

Arthur und Jim, die Praktiker unter uns, inspizierten die Elektrik und die Wasserversorgung. Es gab keine Hauptstromleitung, und der Generator für die Versorgung funktionierte nicht mehr. Eine Schlauchleitung führte aus einem Tank heraus zu einem niedriger gelegenen Punkt des Hauses. Das Ende zeigte in eine Schüssel, und Wasser tropfte heraus. Es gab drei Gaskocher, eine Gasflasche, die noch etwas Gas enthielt, und eine verdreckte Kochstelle. Außerdem fanden wir Öl- und Sturmlampen sowie Kerzen.

Wir versammelten uns auf dem Balkon. Mir war sofort klar, hier würde ich leben können. Die andern waren auch begeistert, mit Ausnahme unseres Griechen Demitri. Er hatte Erfahrung mit Geschäften in Griechenland und stellte fest, daß die Insel und der Jachtklub zu weit von den üblichen Touristenrouten entfernt lagen, um jemals Geld einzubringen.

Doch wir hatten alle das Gefühl, daß wir hierher gehörten. Der Pioniergeist und die zunehmende Begeisterung, die uns erfaßte, ließen uns die tatsächlichen Probleme verdrängen.

Dann erschien die Katze, heiser miauend. Sie war dünn und räudig, hatte schwarzes Fell mit einer weißen Blesse und lange Schnurrhaare. Sie rieb sich nicht ihr Fell an unseren Beinen, sondern schlich miauend umher, und ihre Augen funkelten uns wütend an. Offensichtlich brauchte sie jetzt dringend eine gute Mahlzeit, doch hier war nichts.

Martina eilte zurück zur Jacht und holte alles, was wir hatten, Milch und Salami. Sie schüttete die Milch in eine kleine Schüssel. Die Katze schnüffelte an der Milch und ging dann voller Verachtung hinüber zur Wasserschüssel.

»Blöde Katze«, sagte Mart, »ich bin fast umgekommen in der Hitze, nur weil ich dir was geholt habe.«

Jim schnitt die Salami und legte sie der Katze hin. Wieder steckte sie ihre Nase in die Schüssel, dann schaute sie uns ärgerlich an und schlich davon.

»Vielleicht ißt sie nur Kebab«, sagte ich.

»Kebab, so können wir sie nennen«, sagte Alison, »Kebab.«

Aussicht vom Ballon

Sofort lief die Katze zu Alison und ein lautes, eindringliches Schnurren ersetzte das Miau. Später erfuhren wir, daß der Name der Katze tatsächlich "Kebab" war.

Da wir alle hungrig waren, beschlossen wir, zum Essen ins Dorf zu gehen und Katzenfutter zu kaufen. Dieses Mal bogen wir links ab auf die staubige, rote Schotterstraße, das Meer zu unserer Rechten. Das Land fiel steil ab, war jedoch mit grünen Büschen bedeckt; kleine Olivenhaine und Mandelbäume wechselten sich ab. An der Straße befanden sich keine Häuser, nur ein Holzschuppen, der als Hühnerstall diente. Kurioserweise war in der Nähe eine Wäscheleine gespannt, an der eine alte Männerhose und eine Plastikpuppe hingen, der einige Gliedmaßen fehlten. Vielleicht war das die griechische Version einer Vogelscheuche.

Rechts kamen wir an einem Heiligenaltärchen vorbei. Diese werden in Griechenland gewöhnlich an der Straße aufgestellt, um an einen Unfall zu erinnern. Aber es gab doch keine Autos auf der Insel. Später erfuhr ich, daß eine Frau hier beim Olivenpflücken vom Baum gefallen und gestorben sein soll. Solche Geschichten waren typisch für Griechenland. Ich glaube jedoch, daß sie von ihrem Esel fiel, als sie etwas berauscht vom Traubenpflücken zurückkam.

Wir erreichten das Dorf und gingen zu der am Wasser gelegenen Taverne, weil sie Holztische und Stühle hatte. Ein großes Sonnendach schützte vor der Hitze. Nach einer halbe Stunde kam ein grauhaariger Mann mittleren Alters, Spiros genannt, und fragte nach unseren Wünschen. Wir waren so beschäftigt mit unserem Haus, daher war uns die mangelnde Aufmerksamkeit nicht aufgefallen.

Da es keine Speisekarte gab, zogen wir alle in die Küche im hinteren Teil der Taverne. Dort rührte eine kleine Frau mit Kopftuch in einigen großen Töpfen. Wir konnten wählen zwischen Fisch, Tintenfisch, Sardinen, griechischem Salat, im Ofen gebackenen Kartoffeln, großen Butterbohnen in Tomatensauce - aber es gab kein Menü. Wir bestellten unser Essen und ein Kilo *Retsina*, der uns in einem Krug serviert wurde. In Griechenland werden auch Flüssigkeiten im Kilo bestellt. Der Tisch wurde von einem älteren Mann mit krummem Rükken und stechenden Augen gedeckt. Er bewegte sich sehr langsam. Zuerst wurde die Plastiktischdecke aufgelegt und mit einem Gummiband um den Tisch herum befestigt. Dann wurde der Wein gebracht und etwas später die Gläser. Wir toasteten uns nach griechischer Art zu und stießen die Gläser aneinander mit einem *"Yeia mas"*.

Plötzlich bemerkte ich, daß unser Ober Spiros in eine *Caique* stieg und in Richtung Festland fuhr. Wohin fuhr er und weshalb? Unser Essen würde wohl lange auf sich warten lassen. Also ging Demitri in die Taverne, bestellte ein weiteres Kilo *Retsina* und *Mezzes,* die kleinen Häppchen, welche die Griechen immer zum Wein essen. Der Vater von Spiros, Babba Yannis (in jedem Dorf gibt es jemanden mit diesem Namen), kam angeschlurft und brachte uns den Wein, die *Mezzes,* sowie Oliven, Käse und etwas Tintenfisch.

Zu Demitri sagte er: »Wir haben kein Brot mehr. Spiros ist losgefahren, um etwas zu holen.«

Nach einer halben Stunde und einem weiteren Kilo Wein kam Spiros zurück, beladen mit einem Korb voller Brot. In diesem Tempo spielte sich das Leben auf der Insel ab.

Bei dem späten Mittagessen sprachen wir über unsere Eindrücke. Wir waren uns einig, dieser Platz war einzigartig, und wir beschlossen, ein Kaufangebot zu machen. Demitri konnte uns nicht davon abhalten.

Wir kauften Lebensmittel im Minimarkt und schlenderten zurück zum Boot. Die Sonne ging jetzt hinter dem Haus unter und tauchte die Berge gegenüber in ein herrliches Rosa-Mauve. Es wurde jetzt schon dunkel. Die Beiboote - wir hatten ein Schlauchboot und ein Beiboot aus Polyester - waren am Metallsteg entlang der Pflasterstraße vertäut. Sharon stieg

Babba Yannis

zuerst ins Boot, um es festzuhalten. Martina war nach dem starken *Retsina* etwas betrunken. Als sie versuchte, ins Boot zu steigen, verlor sie den Halt und blieb mit Füßen und Händen an der Metallreeling hängen, den Po im Wasser. Lou kam ihr sofort zur Hilfe und sprang ins Schlauchboot, hatte sich jedoch verschätzt und landete in voller Montur im Wasser. Mit Ziehen, Schieben und Manövrieren gelang es ihnen, Martina wie ein Häufchen Elend ins Boot zu befördern. Sie waren erleichtert, als sie das geschafft hatten, legten ab... und ließen mich auf dem Felsen stehen.

»Hallo ihr da, und was ist mit mir, denkt ihr, ich sei eine dumme Meerjungfrau!«

Kichernd kamen sie zurück, um mich zu holen.

Als wir die "Arion Bleu" erreicht hatten, machten wir fest und versuchten, an Bord zu gelangen. Das war selbst im nüchternen Zustand nicht ganz einfach. Man mußte einige rutschige Stufen einer Leiter aus verchromtem Stahlrohr hochklettern, die am Heck des Schiffes befestigt war und ungefähr zwei Fuß über der Wasseroberfläche hing.

»Laßt Mart vorgehen, dann können wir sie beobachten«, mahnte ich in weiser Voraussicht.

Etwas zaghaft ergriff sie die beiden Holme der Leiter und klammerte sich unsicher an die oberste Stufe. Beim Wechseln der Armstellung ließ sie die Metallsprosse los und fiel rückwärts zurück ins Boot. Glücklicherweise war Sharon direkt hinter ihr und fing sie auf. Das Boot schaukelte so gefährlich, daß ich mich auch schon im Wasser liegen sah. Lou konnte jedoch hochklettern, und mit viel Schubsen und Ziehen gelang es uns, Martina auf die Jacht zu befördern. Triefend naß, aber fröhlich zogen wir uns um. Martina hatte das Eintauchen ins warme Wasser genossen. Noch nackt kündigte sie auf den Stufen zur Luke an, sie wolle jetzt schwimmen gehen. Nur mit Mühe konnten wir diese Selbstmordaktion verhindern!

An diesem Abend saßen wir gemütlich unter Deck, aßen Spaghetti und waren uns alle einig: diese Insel war ein zauberhafter Ort. Die Zeit war hier stehengeblieben. Hier herrschte Frieden, es gab wunderschöne Strände und glasklares Wasser. Die nächste Stadt zum Einkaufen war nur sechzehn Kilometer entfernt. Die Bucht war ideal geeignet als Liegeplatz für die Jacht, die zum Chartern, Einkaufen und für Ausflugsfahrten hierbleiben sollte.

Demitri sagte mir, das Geschäft könne in Gang kommen, allerdings wolle er nicht hier arbeiten. Alison wollte jedoch bei uns bleiben. Für sie bedeutete es eine Herausforderung, und es war nicht vergleichbar mit dem Rummel auf Paros. Sie brauchte eine Veränderung, vielleicht auch etwas Abstand von Demitri.

Jim stellte im Gästebuch stellte, daß viele ihm bekannte Segelschiffe und Jachten die Taverne in der Vergangenheit besucht hatten. Trizonia war den Seglern also bekannt. Er fühlte sich wohl bei dem Gedanken, hier zu bleiben und während des Winters am Haus zu arbeiten, da es soviel zu tun gab.

Arthur schwebte in den Wolken, weil dieser Ort ganz seinen Vorstellungen für das Chartergeschäft entsprach.

Martina sagte, sie würde immer wieder herkommen, um zu zeichnen und mit ihrer Familie Urlaub zu machen.

Bei all dem Geplauder stellte ich mir vor, jeden Abend auf dem Balkon zu sitzen und den Sonnenuntergang zu beobachten. Ich wußte, dies war der Ort, der für mein weiteres Leben bestimmt sein sollte. Ich würde nie allein sein, immer mit Freunden und meiner Familie zusammen, alle fühlten sich so wohl hier auf dieser kleinen Insel.

Ich hatte ein Fleckchen auf der Landkarte entdeckt, den wahren Himmel, Sonne und Meer in meinem geliebten Griechenland. Ja! Ich würde es tun. Ich würde es kaufen und mein Leben total verändern. Wie ich den Kauf jedoch schaffen konnte, das war eine andere Frage.

Nafpaktos Hafen

KAPITEL 3

ENTSCHEIDUNGEN

Am nächsten Tag wollten wir - Jim, Arthur, Alison, Martina und ich - nach Lepanto segeln, dem nächsten Hafen, um von dort aus mit England zu telefonieren. Wenn unser Angebot akzeptiert würde, müßten wir einen Notar konsultieren, um die für den Kauf notwendigen Dokumente mit nach England nehmen zu können. Die endgültige Transaktion würde dann an der griechischen Botschaft in London erfolgen. Arthur und ich sprachen über den Preis, den wir bieten sollten. Da so viel Arbeit in das Haus gesteckt werden mußte, bevor es bewohnbar wurde, wollten wir nicht die geforderten 58000 Pfund bieten. Wie sollten wir wissen, ob der Generator oder die Geräte funktionierten, bevor der Eigentümer nach Griechenland kam und uns die Erlaubnis gab, sie zu testen. Die Einrichtung und Ausstattung des Hauses war im Preis inbegriffen, aber außer Tischen, Stühlen, dem Geschirr und Besteck war alles in einem desolaten Zustand.

Wir segelten durch die schmale Öffnung zwischen den massiven Steinwällen, die die Pforte zu Lepanto bildeten. Auf den Zinnen stand eine Bronzestatue, die Inschrift "Freiheit" war in den Sockel gemeißelt. Es war jener historische Hafen, in dem die Griechen die Türken in einer berühmten Seeschlacht besiegt hatten. Die Überreste der Burg befanden sich auf dem Hügel hinter der Stadt, auf den Hafenmauern und in den Straßen. Frisches Quellwasser war ausreichend vorhanden, was für eine Stadt in Griechenland lebenswichtig war. Sicherlich war das auch einer der Gründe, weshalb sich die Stadt vor vielen Jahrhunderten dort ansiedelte. Arthur und ich gingen zum nächsten Telefon, das in einem Kiosk oder

41

Periptero direkt neben dem Hafen war. Auf der lauten Straße konnten wir kaum etwas verstehen wegen der hupenden Autos und der Motorräder. Der Makler in England sagte, er würde den Eigentümer anrufen und unser Angebot weitergeben. Wir vereinbarten, daß wir uns in zwei Stunden wieder melden würden. In der Nähe fanden wir ein Hotel, in dem wir geschützt von schalldichten Türen telefonieren konnten. Dann schlenderten wir durch die Stadt, bemüht, uns abzulenken. In einem Café direkt am Wasser schlürften wir einige Tassen Kaffee, ließen die Uhr aber nicht aus den Augen. Zur vereinbarten Zeit eilten wir zum Hotel und riefen unseren Makler an.

»Er hat Ihr Angebot angenommen!«

»Ausgezeichnet«, Ali stand neben mir und flüsterte ständig: »Was sagt er?«

»Aber er macht zur Bedingung, daß der Vertrag so schnell wie möglich, innerhalb von sechs Wochen unter Dach und Fach ist.«

»Aber wir können ihn nicht abschließen, bevor er herkommt und uns zeigt, daß der Generator, der Kühlraum und die Kühlschränke funktionieren. Wenn die nicht in Ordnung sind, muß das berücksichtigt und der Preis noch mal gesenkt werden. Würden Sie das dem Eigentümer bitte ausrichten?«

»Selbstverständlich, ich werde Sie zurückrufen, wenn Sie mir eine Nummer geben können.«

Wir gaben sie ihm durch und hängten auf.

»Er hat unser Angebot akzeptiert - es gehört uns!« Inzwischen kamen auch Martina und Jim zu uns in die kleine Hotelhalle, und wir hüpften vor Freude auf und ab und umarmten uns gegenseitig. Der Hotelbesitzer war verwundert und grinste wegen unseres für Engländer untypischen Verhaltens.

»Langsam, wie werdet ihr es bezahlen?« fragte die praktisch denkende Mart.

»Mach dir keine Gedanken, wir werden einen Weg finden,

um bei einer Bank ein Darlehn zu bekommen, das später aus unseren Einkünften zurückgezahlt wird, wenn das Geschäft erst läuft«, antwortete der stets unbekümmerte Arthur pragmatisch.

»Bis mein Haus verkauft ist«, sagte ich. In meinem Kopf ging alles durcheinander, und ich hatte das Gefühl von tausend Schmetterlingen im Bauch.

Als das Telefon läutete, schnappte ich den Hörer und hörte meinen Makler sagen: »In Ordnung, Mrs. Parker, er stimmt Ihren Bedingungen zu. Sie nennen den Preis, der Ihnen für die Ausstattung angemessen erscheint, dann machen Sie ein Angebot abzüglich dieser Summe. Er wird dann, sobald es ihm möglich ist, zur Insel herauskommen. Ist Ihnen der Ablauf jetzt klar? Besorgen Sie alle notwendigen Dokumente, die das Haus betreffen, fotokopieren Sie sie und nehmen Sie die Originale bei Ihrer Rückkehr mit nach England. Viel Glück!«

»Es gehört uns! Wir haben es geschafft, wir haben ein Haus in Griechenland gekauft!«

»Herzlichen Glückwunsch!«

Wir gingen zurück zum Boot, um mit einer Flasche *Ouzo* darauf anzustoßen, saßen im Cockpit und sprachen über die Dinge, die sofort erledigt werden mußten.

Der Rest der Woche war für mich hektisch. Demitri und ich fuhren zum Notar in ein Dorf an der Küste, fünfzehn Minuten entfernt. Ohne Demitris Hilfe wäre es mir schwergefallen, mich mit diesem nicht gerade entgegenkommenden Mann zu verständigen. Er repräsentierte Bürokratie übelster Art, die es auch nur in Griechenland gab. Sein Büro war zugepackt mit Aktenordnern, Regal über Regal, und er bewegte sich im Schneckentempo. Zuerst konnte er die Akte nicht finden, dann, nachdem er sie gefunden hatte, mußten wir noch mal zum

Priester auf dem Moped

Rathaus fahren und sie abstempeln lassen. Für das Dutzend Stempel zahlten wir jedesmal.

»Wir sind die "Könige der Stempel" in Griechenland«, sagte der Beamte, den wir ständig belästigen mußten, und knallte den Stempel zum fünfzehnten Male auf das Dokument. Mit Fotokopien und gestempelten Dokumenten bewaffnet, sausten wir auf Demitris Moped zurück zum Notar, bevor er wegen der Siesta schloß.

Auf dem Rückweg entgingen wir nur knapp einem Unfall mit einem Priester, der anscheinend die Kontrolle über sein Fahrzeug verloren hatte. Er war mit einer schwarzen Robe und einem Zylinder bekleidet, trug eine sportliche Sonnenbrille und rauchte eine Zigarette. Mit seinem Moped, das zu einem Einsitzer-Taxi mit Anhänger umgebaut war, transportierte er eine Ziege. Diese hatte sich losgerissen und bewegte sich gefährlich nach hinten. Demitri hielt an, um dem *Pappas* zu helfen, die verängstigte Ziege wieder anzubinden und ihre Beine zu fesseln. Der Priester bedankte sich bei uns, bat Demitri um eine Zigarette und zwängte sich dann wieder in sein komisches Vehikel. Eine Wolke von Abgasen vernebelte die Sicht, als er unberechenbar entlang der weißen Linie auf der Mitte der Hauptverkehrsstraße fuhr. Wahrscheinlich glaubte er, sich wegen seines hohen religiösen Amtes gefahrlos im Straßenverkehr bewegen zu können. Gott würde ihn beschützen!

Wir hatten endlich alle Dokumente zusammen und die zu zahlende Steuer auf einem separaten Blatt aufgelistet. Der Notar lächelte nicht einmal, und selbst Demitri, der Beamte dieser Art gewohnt war, erklärte ihn zum "ungefälligsten Menschen", den er jemals getroffen hatte.

Demitri und Alison mußten nach Paros zurück, da die Saison noch nicht zu Ende war.

»Ich wünsche dir Glück, Lizzie«, sagte Demitri. »Ich schätze die Schönheit der Insel sehr, doch ich glaube, du wirst kämpfen müssen, damit dein Projekt Erfolg hat. Immer wenn du einkaufen willst, mußt du Trizonia verlassen, es sind zwanzig Minuten bis zum Laden, dann wieder zurück und vom Boot hoch zur Taverne. Ich bekomme meine Lieferungen direkt bis vor die Tür, selbst das ist harte Arbeit. Alison hat viel dazu beigetragen, meine Bar bekannter zu machen. Ich liebe sie und werde sie sehr vermissen, aber ich weiß, sie gehört zu deiner Familie, und sie kann und sollte dir helfen.« Ich küßte ihn auf beide Wangen, dankte ihm und versprach, daß wir uns im nächsten Jahr wiedersehen würden. Er zog seinen Motorradhelm über seine lockigen, langen, schwarzen Haare und hatte Tränen in den Augen. Ich liebte ihn für die Fähigkeit, Gefühle zu zeigen. Er war so ein Kontrast zu den Engländern, die ich kannte, die nicht einmal mit der Oberlippe gezuckt hätten. Ich weiß, wie griechische Männer fühlen.

»Mum, ich bin so glücklich über das Haus. Wir werden uns in England wiedersehen. Es gibt soviel zu überlegen und zu bedenken.« Ali setzte sich auf den Rücksitz von Demitris Moped und klammerte sich fest an ihn.

»Schreib mir!«

»Das werde ich tun. Wiedersehen Darling. Danke, daß du gekommen bist.«

»Wie hätte ich mir verkneifen können, mir unsere eventuelle Zukunft anzusehen? Lizzie, das ist unser Schicksal!«

In nur zwei Tagen mußten auch wir nach England zurückkehren. Arthur und Jim saßen auf der "Arion Bleu", sprachen über den Winter und machten Pläne, wie die Taverne verbessert und erweitert werden könnte. Lou und Sharon wollten noch einen Monat bei Jim bleiben, um ihm im Haus zu helfen, bevor sie nach Australien zurückkehrten. Martina und ich erkundeten die Insel, wir wanderten jeden Trampelpfad entlang durch die Weinberge, in denen die Einheimischen die Trauben ernteten, emsig die Körbe füllten und sie auf die

Rücken der Esel luden. An der Traubenpresse im Dorf wurden die Körbe entleert. Das nahm den ganzen Tag in Anspruch.

Wir beobachteten einen Jungen von vielleicht fünfzehn Jahren aus dem Nachbardorf, der die Trauben stampfte. Auf einem einfachen aus Backsteinen gebautem Behälter mit einem Drahtgitter machte er, von Wespen umschwirrt, einen Marathonlauf, bis der Saft gefiltert unten durch eine Öffnung in Plastikbehälter floß. Dieser wurde dann in Fässer geschüttet und im Haus des Eigentümers bis Ostern gelagert. Das war der Tag, an dem nach altem Brauch der neue Wein getrunken wurde.

Wir fanden wilden Thymian, der überall wuchs, Salbei und Knoblauch. Außerdem entdeckten wir die ursprüngliche Wasserversorgung, einen Brunnen, der jetzt Brackwasser enthielt und aus dem ein Feigenbaum wuchs. Seine saftigen Früchte waren im Begriff abzufallen. Wir schlürften sie aus der Schale beim Weitergehen. Es gab keine Geräusche außer dem gelegentlichen Rascheln der Zweige, die wir mit unseren Füßen streiften. Wir lagen am Strand oder im Wasser und konnten das Brummen der Motorboote hören, selbst aus fünf Meilen Entfernung, so still war die Umgebung.

An einem Tag wurde Martina von einer Wespe oder Hornisse ins Bein gestochen. Die Stelle schwoll stark an, und die Schwellung erstreckte sich über das ganze Bein. Der rote, entzündete Elefantenfuß bereitete ihr große Schwierigkeiten beim Gehen. Am Abend humpelte sie ins Dorf, wo wir bei Spiros saßen und auf die anderen zu unserem gemeinsamen Abschiedsessen warteten. Als Martina in die Taverne humpelte, bemerkte Golfo, Spiros Mutter, ihren Fuß. Martina beschrieb die Wespe (oder das Flugobjekt), und Golfo schüttelte besorgt den Kopf. Sie ging in die Küche und kam mit einem großen, scharfen Messer zurück. Sie drückte Martina

Weg zum Strand

auf den Stuhl und beugte sich zu ihrem Fuß hinunter.
»Mein Gott, Liz, hilf mir. Ich glaube, sie will mir das Bein
abschneiden. Was macht sie? Halt sie auf!«
Aber Golfo drehte das Messer und zeichnete mit dem Griff
ein Kreuz auf die geschwollene Stelle.
»Nun wird alles in Ordnung gehen«, sagte sie. »Danken wir
Gott.«
»Na ja, wenn das hilft, solltest du zur Kirche gehen und eine
Kerze anzünden!«
»Hör zu, ich werde dreißig Kerzen anzünden und meine Kin-
der opfern, wenn diese Schmerzen aufhören.«
Nach einer halben Stunde waren die Schmerzen verklungen.
Mit Golfo als örtlichem Hexendoktor würden wir hier kei-
nen »Flying Doctor« brauchen. Die nächste Krankenstation,
die wir entdeckt hatten, lag zwanzig Meilen entfernt, zu er-
reichen mit dem Auto oder dem Ambulanzwagen.
Wir hatten einmal gesehen, wie ein älterer Bewohner, auf
eine behelfsmäßige Bahre geschnallt, von einem Fahrer mit
einem klapprigen und altersschwachen Auto abgeholt, ins
Wassertaxi befördert und zum Festland hinüber transportiert
wurde. Ich würde eher mein Vertrauen auf Gott setzen.

Zu schnell näherte sich der Tag unserer Abreise. Lou, Sharon,
Jim, Martina, Arthur und ich segelten aus der Bucht heraus.
Ich warf einen letzten Blick zurück auf "mein Haus", das da
eingebettet in den Hügeln lag.
»Wir werden dich nicht wieder verlassen, du wirst restau-
riert und zu einem bewohnbaren, glücklichen Heim gemacht.
So einen Wohnsitz werde ich nicht wieder finden«, erzählte
ich der "Marie Celeste", bis die Spur des Kielwassers schma-
ler wurde und ich das Haus nicht mehr sah.
Die Überfahrt zur anderen Seite des Golfs war sanft, und ein
Schwarm Delphine folgte uns fünfzehn Minuten lang. Ver-
spielt tauchten sie unter den Bug des Schiffes, so nah, daß

wir ihre lachenden Mäuler sehen konnten. Die Griechen glauben, daß Delphine Glück bringen, und ich betrachtete sie als ein gutes Omen an unserem letzten Tag, eine Bestätigung, die richtige Entscheidung getroffen zu haben.

Nachdem wir uns von Jim und den Mädchen mit dem Versprechen verabschiedet hatten, in Verbindung zu bleiben, und nach letzten Instruktionen, wie Kebab zu füttern sei, bestiegen wir den Bus zur Rückreise nach Athen. Arthurs Brille war noch mit einem Band befestigt, damit sie nicht über Bord fallen konnte. Seine Hose hatte ein riesiges Brandloch, verursacht durch ein unglückliches Abenteuer mit dem Blasebalg. Er trug einen Zweitagebart. Mein Haar war vom Salz verklebt, da ich es wegen des Wassermangels im Haus und auf dem Schiff nicht hatte waschen können. Martinas Kleidung zeigte weiße Salzränder, weil sie so häufig ins Wasser gefallen war. Aber wir waren braun gebrannt und fühlten uns gesund.

Ich schaute aus dem Busfenster auf die klaren Konturen der Berge, deren Ausläufer sich bis zum Meer erstreckten, bis der Bus rechts abbog, und wir uns den industriellen Randbezirken von Athen näherten.

In dem kurzen Zeitraum von zwei Wochen hatte ich in einem Land, dessen Sprache ich nicht einmal sprach, ein Haus gekauft und mich auf ein Geschäft eingelassen, von dem ich nicht wußte, wie es laufen würde. Ich hatte mich verpflichtet, für Kauf und Reparatur Geld zu zahlen, das ich nicht hatte. Doch als ich die Stufen zum Flugzeug hinaufstieg, das auf der Rollbahn wartete, schaute ich zurück auf Athen. Verschwommen konnte ich die Stadt erkennen. In dem Moment wußte ich genau, es gab keinen anderen Ort, an dem ich sein wollte.

Ich konnte es nicht erwarten, Simon von meiner Entdeckung zu erzählen. Er war begeistert von den Bildern und der ganzen Idee. Er hatte nichts dagegen, daß ich England verlassen wollte. Außerdem war Griechenland in dreieinhalb Stunden mit dem Flugzeug zu erreichen. So konnte er seine Ferien mit mir verbringen, wann immer er wollte. Er hatte von seinem Vater eine große Geldsumme geerbt, die zur Zeit angelegt war. Ich fragte ihn, ob er mir das Geld leihen könnte, bis mein Haus verkauft war, und er willigte großzügig ein. Nachdem er mit dem Treuhänder gesprochen hatte, war mir das Geld sicher, sogar ohne Zinsen! Ich mußte die Bank nicht um ein Darlehen bitten, außer für die Reparaturkosten und den Anbau. Die Delphine hatten mir Glück gebracht.

Ich schrieb mich an einer Abendschule zum Griechischunterricht ein. Meine Lehrerin, Lilika, war eine zierliche, aber starke Griechin, die schon seit fünfzehn Jahren in England lebte. Sie war die beste Lehrerin, die ich je gehabt habe. Die Stunden bei ihr machten immer Spaß, und es gelang ihr, den Wissensstand eines jeden Teilnehmers in der Klasse richtig einzuschätzen und dementsprechende Fragen zu stellen. Ich hörte meine Griechischkassetten im Auto, wenn ich meine Besuche von der Sozialstation machte, *"Eimai, eisai, einai..."*, und oft begrüßte ich meine Klienten mit *"Yeia sou"*.

Im November ging Lilika mit mir zur griechischen Botschaft im Holland Park, wo ich den griechischen Kaufvertrag für das Haus in Trizonia unterschrieb und den Scheck überreichte. Es war alles in Griechisch geschrieben und mein griechisch-englisch sprechender Rechtsanwalt versprach, mir später eine Übersetzung des Vertrages zu schicken. Ich hatte keine Ahnung, was ich da unterzeichnete, doch Lilika bestätigte, daß alles in Ordnung sei.

Der ehemalige Eigentümer der Taverne steckte den Scheck ein und eilte zur Bank, zusammen mit meinem Anwalt und dem Makler, die sich ihren Anteil sichern wollten. Ich fragte mich, warum sie es so eilig hatten. Die Restsumme sollte erst bezahlt werden, nachdem sie in Trizonia waren und Jim bewiesen hatten, daß Kühlschrank und Generator funktionierten. Ich steckte die Papiere in eine Hülle und suchte dann mit Lilika den nächsten Pub auf, wo wir wärmende Brandies bestellten, um gegen die Kälte anzukämpfen. Wir saßen neben einer Holzfeuerimitation, und Lilika hob ihr Glas, um mir Glück zu wünschen.

»Liz, ich glaube, du bist verrückt, in Griechenland leben zu wollen. Ich mußte Griechenland verlassen, als das Militär an die Macht kam, aber ich würde nie wieder ganz zurückgehen. Warum kannst du nicht in England bleiben, wo die Menschen weniger impulsiv und ruhiger sind?«

»So gut kenne ich dich nicht, Lilika. Vielleicht kann ich dir deine Fragen beantworten, wenn ich dir etwas aus meiner Vergangenheit erzähle. Vielleicht wirst du dann verstehen, warum ich mir meinen Lebenstraum erfüllen und nach Griechenland gehen muß.«

»O.K. Liz, laß uns aber noch einen Brandy trinken, bevor du damit beginnst!« Wir stießen mit zwei großen Brandies an. Lilika sah mich mit ihren dunklen, sympathischen Augen an.

»Komm erzähle, hab keine Angst.«

»Nun gut, dann fang ich an.«

...Ich bin in Indien geboren, was an sich nichts Bemerkenswertes ist. Bemerkenswert ist nur, daß ich meine Kindheit überhaupt überlebt habe. Als ich zehn Monate alt war, kroch eine Giftschlange in meinen Laufstall, und ich krabbelte auf dieses neue "Spielzeug" zu. Doch meine liebe Ayah hat mich geschnappt und in Sicherheit gebracht. Meine Mutter trank um diese Zeit Gin Tonic im Bridge Club. Dann, als ich zwei Jahre alt war, erkrankte ich an Ruhr und war so schwach, daß ich zwischen Leben und Tod schwebte. Als der Zweite Weltkrieg begann, wurde ich mit meiner Schwester nach England auf eine Privatschule geschickt. Ich entging wieder gerade dem Tode, als unser Schiff, das zu "The Emeral Isle" unterwegs war, von deutschen Zerstörern angegriffen wurde. Das ereignete sich alles, bevor ich fünf Jahre alt war. Ich bin sicher, die Tatsache, diese traumatischen Ereignisse überlebt zu haben, hat dazu beigetragen, daß ich im späteren Leben ein "Überlebenskünstler" wurde.

Rückblickend kann ich mich an keine Zeit in meinen Entwicklungsjahren erinnern, in der ich mich wirklich sicher gefühlt habe. Mein Vater unterhielt eine Teeplantage in Assam. Er mußte nach Indien zurückkehren. Meine Mutter tat, als habe sie keine andere Wahl und ging mit ihrem Mann, anstatt bei ihren Kindern zu bleiben. Wie dem auch sei, es wurde auch nicht als angemessen angesehen, britische Kinder auf eine indische Schule zu schicken. Außerdem war meine Mutter nicht in der Lage, uns zu versorgen, sie konnte nicht kochen und putzen, da sie immer Bedienstete gehabt hatte, die diese niederen Arbeiten ausführten. So kehrte sie zurück in das anspruchsvolle Leben der Kolonialherren, in die Bridge Clubs. Ich vermute, ganz erleichtert darüber, nicht mehr die Verantwortung für eine Tochter zu tragen, die das Unglück anzog.

»Mittwochskinder sind voller Leid«, sagte sie immer. Somit verstärkte sie meine Angst vor der Zukunft.

Während der Kriegsjahre führte ich ein ganz idyllisches Leben. Unsere Schule wurde nach Cornwall evakuiert, und dort blieb ich, abgesehen von gelegentlich explodierenden Minen und ein paar Schiffswracks, unberührt von den Schrecken des Krieges. Hitler war für mich nur ein verrückter Mann mit einem lustigen Schnauzbart.

Ich rannte über die Strände und erkundete die Klippen und Höhlen und lernte früh schwimmen, da ich von einem älteren Mädchen, das auch evakuiert worden war und mich ganz und gar nicht leiden konnte, von der Hafenmauer in den kalten Atlantik gestoßen wurde. Mein Überlebensinstinkt funktionierte wieder einmal, und ich strampelte durch die Wellen dem rettenden Ufer zu. Seit dem Tag habe ich Respekt vor dem Meer, gleichzeitig ist es eine Art Liebesbeziehung. Ich mag die unterschiedlichen Farbtöne des Wassers, seine Kraft und seine Unberechenbarkeit. Beim Schwimmen fühle ich mich immer sinnlich umarmt vom Wasser.

Wenn ich traurig oder einsam war, ging ich zum Meer, sprach mit ihm und bekam aus den Tiefen eine besänftigende Antwort. Es wurde mein Freund und ersetzte mir meine Eltern. Trotz seines sprunghaften Temperaments fühlte ich dort zum ersten Mal in meinem Leben Sicherheit. Ich wußte, das Meer konnte mich nicht verlassen.

Um meine unerträgliche Schüchternheit und meine Gefühle der Unsicherheit und Verlassenheit zu überwinden, begann ich, in der Schule Theater zu spielen. Ich beherrschte es meisterhaft, eine andere Person darzustellen, auf der Bühne und auch im wirklichen Leben. Niemand kam darauf, daß sich hinter dem lustigen, selbstbewußten, zu jedem Streich aufgelegten Teenager das ängstliche Kind versteckte.

Meine Eltern kehrten aus Indien zurück, als ich fünfzehn war. Ich erinnere mich lebhaft daran, mit welcher Aufregung ich das Wiedersehen erwartet hatte. Meine Schwester und ich liefen ihnen entgegen, unser Wiedersehen fand auf einer Straße in der Nähe der Schule statt. Zwei kleine Gestalten erschienen in einiger Entfernung - meine Mutter und mein Vater! Wir rannten auf sie zu. Meine Schwester, die Ältere und sowieso die schnellere Läuferin, erreichte sie zuerst. Irgendwie schaffte ich es, eine Brombeerhecke zu streifen, verheddere mich und zog einen Zweig hinter mir her, als ich ihnen in die Arme lief.

»Hoppla, da kommt das Mittwochskind«, waren die ersten Worte, die meine Mutter zu mir sagte. Keine zärtliche Umarmung, kein liebevolles Wort, nur eine peinliche Begrüßung. Als ich mich von den Brombeeren befreit hatte, war mein bestes Kleid aus Schantung-Seide zerrissen.

Da sie jetzt zurück waren, konnte ich mit ihnen über meine Zukunft sprechen. Ich war entschlossen, Schauspielerin zu werden. Meine Eltern machten keine Anstalten, mich davon abzuhalten, obwohl der Song "Life upon the wicked stage ain´t ever what a girl supposes" ihnen, wie den meisten anderen Eltern der Mittelklasse, bestens bekannt war. Das zarte, kleine Mäuschen, als das ich sie damals verlassen mußte, war zu einer attraktiven, dunkelhaarigen Jugendlichen mit grünen Augen herangewachsen. Durch tägliches Tennis- und Lacrosse-Spiel und Gymnastikübungen hatte ich eine gute Figur bekommen. Zu meinem großen Kummer hatte ich einen kleinen Busen, ich war also nicht in der Liga von Marilyn Monroe und Jane Russell, doch war alles gut proportioniert. Meine Mutter und mein Vater ermutigten mich und halfen mir bei der Vorbereitung für meine Vorsprechprobe an der Schauspielschule; ich denke, nicht aus Schuldgefühlen, weil sie mich in meinen Entwicklungsjahren allein gelassen hatten, sondern eher deshalb, weil ich dann nach London auf die Schauspielschule gehen mußte. Wir lebten damals in Bournemouth in der Nähe des Meeres. Wenn ich wegging, brauchte meine Mutter nicht für mich zu kochen. Wenn sie frisches Obst oder Gemüse zubereitete, wurde alles unter Verwendung von Permanganat mit Pottasche sorgfältig gewaschen, falls in Hampshire Ruhr oder Cholera auftreten sollte! Sie vermißte Indien. Meine süße, kleine Mama!

Jahre später, als ich beim Psychodrama mitmachte, wurde mir zum ersten Mal klar, daß ich eine vorgefaßte Meinung darüber hatte, wie Mütter zu sein haben, und meine Mutter paßte nicht in das Schema. Als ich erkannt hatte, daß sie ein Mensch und ein Individuum war und nie die "Erdenmutter" sein konnte, verließen mich all der Ärger, die Verletzungen und der Schmerz, alles, was ich die ganzen Jahre in mir getragen hatte. Leider war es zu spät, ihr zu sagen:»Ich liebe dich trotz allem«, weil sie schon tot war.

Ich wurde in der Royal Academy of Dramatic Art aufgenommen, nicht etwa wegen überragender schauspielerischer Fähigkeiten, sondern weil die RADA in den fünfziger Jahren eigentlich mehr ein Mädchenpensionat war. Ich glaube nicht, daß mehr als fünf Studentinnen aus meiner Klasse nach Abschluß des Studiums einen Job als Schauspielerin bekommen haben. Die männlichen Studenten aus der Zeit waren jedoch hervorragend. Thimothy West und James Villiers waren in meiner Ballettklasse, Jimmy kam aus irgendeinem Grund immer in Slippern, und Albert Finney und Peter O'Toole waren meine Trinkpartner (Merrydown Cider) im Schauspielerpub, im "Salisbury" in der St. Martins Lane.

Während meiner Zeit auf der RADA verliebte ich mich in einen Schauspieler, der eine vielversprechende Karriere vor sich hatte. Meine Eltern waren nicht sehr beeindruckt von ihm. Meine Mutter brach sogar in Tränen aus, als ich von unserer Verlobung erzählte. In dieser Hinsicht war ihr Instinkt richtig, aber wir heirateten trotzdem in einer Kirche in Hampstead, mit Brautführer und vier Zeremonienmeistern, alle mit Kilts bekleidet, da mein Ehemann ein gebürtiger Schotte war. Der größte und schönste dieser Platzanweiser war Sean Connery, damals noch unbekannt. Abgesehen davon, daß er wahnsinnig gut aussah, war er einer der nettesten Männer, die ich je getroffen habe. Leider habe ich kein Foto ohne den Stempel "PROOF" von dieser brillanten Besetzung, da wir uns keine Abzüge von unseren Hochzeitsfotos leisten konnten.

Nach wenigen stürmischen Ehejahren gab ich meine Schauspielkarriere wegen der beiden Kinder auf. Ich hatte beschlossen, sie nie einem Kindermädchen zu überlassen. Sie wurden mein Lebensinhalt neben meinem Mann, der inzwischen erfolgreich war und auch viel Aufmerksamkeit benötigte. Da ich sehr darauf fixiert war, die ideale Mutter für meine Töchter zu sein, drifteten wir beide langsam auseinander. Er drehte Filme in Hollywood und war oft unterwegs. Wegen unserer Töchter konnte ich ihn nicht immer begleiten. Ich wollte sie nicht den Gefahren und den Unbequemlichkeiten eines Lebens in Wüste oder Dschungel aussetzen. Wenn er allerdings in England war, wurde ich auch in die Gesellschaft der Megastars aufgenommen. Robert Mitchum, ein unkonventioneller Individualist, bleibt mein Lieblingsstar. Als ich ihn zum ersten Mal mit meinem Mann in seiner Dorchester Suite traf, öffnete er die Tür, nur mit einem Schlips bekleidet. Ich gab mir größte Mühe, nur in sein verlebtes Gesicht zu blicken. Robert Shaw, Richard Harris, Richard Burton, James Stewart und andere berühmte und weniger berühmte Schauspieler gingen in unserer Mietwohnung in Kilburn ein und aus. Aber trotz (oder vielleicht wegen) dieses Glamourlebens, lebten wir uns auseinander, und unsere Ehe endete nach dem sprichwörtlich "verflixten" siebten Jahr.

Mit achtundzwanzig war ich allein mit meinen beiden Kindern, dreieinhalb und eineinhalb Jahre alt. Gott sei Dank funktionierte mein Überlebensinstinkt noch. Ich war in der glücklichen Lage, ein Haus zu haben, in dem ich wohnen konnte. Ich mußte arbeiten, nicht nur um Geld zu verdienen, sondern auch, um Interessen außer Haus zu finden und mich nicht nur verbittert darüber zu grämen, daß ich wieder verlassen worden war und meine Schauspielkarriere aufgegeben hatte. Ich antwortete auf eine Anzeige im "The Evening Standard". Eine Heiratsvermittlung suchte "eine sympathische, ältere Dame als Interviewerin". Welch eine Gelegenheit! Mein sofortiger, hoffnungsvoller Gedanke war, wenn ich den Job bekäme, würde ich auch einen Mann finden. Ich bekam den Job, allerdings nicht den zweiten Ehemann, jedenfalls nicht so-

fort. Es herrschte großer Mangel an passenden Männern zu
der Zeit, und ich war gezwungen, sechs Fuß große Amazonen
mit fünf Fuß großen Jockeys zusammenzubringen. Aber ich
liebte meine Arbeit und meine Chefs.
Die Mehrzahl der Frauen, die ich interviewte, waren traurig
und einsam, viele auch alleinerziehend. Natürlich entwik-
kelte ich Sympathien für sie. Da ich mit so vielen Frauen in
Kontakt kam, die in der gleichen Situation waren wie ich,
begann ich, ein soziales Bewußtsein zu entwickeln. Am Theater hatte ich ein oberflächliches Leben geführt in einer Phan-
tasiewelt, ohne Gedanken an soziale Bedingungen, Politik
oder wirkliche Armut. Aber jetzt war ich selber betroffen.
Ich hatte zwei kleine Töchter allein zu erziehen und mußte
ihren Bedürfnissen gerecht werden. Wenn sie erkrankten, während ich arbeitete, mußte ich ihnen Liebe und Sicherheit garantieren. Mir wurden immer mehr die Benachteiligungen
alleinerziehender Mütter bewußt. Ich war sehr ärgerlich darüber, daß ich meinem Vorsatz, die Kinder allein und ohne
Unterstützung aufzuziehen, nicht treu bleiben konnte. Obwohl
ich nur halbtags arbeitete, mußte ich eine Hilfe beschäftigen.
Doch ich war fest entschlossen, irgendwann dazu beizutra-
gen, die mißliche Lage Alleinerziehender zu verbessern.
Ich lebte seit sieben Jahren allein; das heißt nicht, daß ich
die ganze Zeit Single war, aber keiner der Männer besaß die
Eigenschaften, die mir wichtig waren. Dann traf ich ihn.
Die Heiratsvermittlung veranstaltete eine erste "Get Together
Party", und ich half dabei. Alle Kandidaten wurden in eine
Bar nach Central London eingeladen, es gab süßen Wein und
Canapés, und jeder trug ein Namensschild, so war eine förm-
liche Vorstellung nicht nötig.
Diese neue Idee hatte nicht die Kurzsichtigen berücksichtigt,
die hoffnungsvoll ohne Brille erschienen, um so attraktiv wie
möglich zu wirken. Sie starrten aus nächster Nähe auf die
Jacketts der Herren und sagten dann irrtümlicherweise »Hallo

Tim« statt »Jim« oder »Len« statt »Ben«.

Glücklicherweise gehörte ich nicht zu den Kurzsichtigen, denn ich bemerkte einen großen, gutaussehenden Mann mit blauen Augen, der zu mir über die Köpfe einer schnatternden Schar von Frauen herüberblickte. Ich lächelte zurück. Meine Arbeitgeber waren nicht begeistert, daß ich mit dem einzigen wirklich akzeptablen Mann ihrer Kartei verschwand. Man hegte die Hoffnung, ihn für die nächste Werbeaktion als Köder zu benutzen. Doch statt dessen kamen sie ein Jahr später zu unserer Hochzeit. Zu dem Zeitpunkt war ich im fünften Monat schwanger. Als Entschädigung dafür, daß ich ihnen ihre Nummer Eins gestohlen hatte, überließen wir ihnen ein Hochzeitsfoto (bis zur Schulter) für ihre Werbeprospekte, darunter stand: »Auch Sie können Glück für immer finden durch das "Cupid Computer Marriage Bureau".«

Das "Für immer" traf für mich wieder nicht zu.
Mit der Geburt unseres geliebten Sohnes wurde unser Glück vollkommen. Ein bemerkenswertes Ereignis damals war mein erster Besuch in Griechenland auf meiner zweiten Hochzeitsreise. In dem Moment, als ich auf Lesbos, auch als Mytilini bekannt, ankam, hatte ich das Gefühl, vorher schon einmal in Griechenland gewesen zu sein. Dieses Gefühl des "déjà vu" war sehr stark. Ich glaubte zwar nicht an frühere Leben, doch ich wußte einfach, hier gehörte ich hin.
Ich genoß die Wärme, die klare Luft, das strahlende Licht und vor allem mein geliebtes Meer. In der göttlichen Hitze der Sonne ließ ich mich stundenlang im warmen Wasser treiben, mein dicker Bauch ragte aus der Wasseroberfläche heraus.
Ich hatte Frankreich, Spanien und Italien auf kurzen Reisen mit meinen Kindern besucht, die unterschiedlichen Kulturen begeisterten mich, doch nirgendwo habe ich dieses Gefühl der Zugehörigkeit und diese Zufriedenheit verspürt. Ich wäre

gern "für immer" geblieben und in diese Atmosphäre einge-
taucht. Mir wurde klar, daß ich mich in London nie richtig
wohl gefühlt hatte. Ich gelobte, in dieses Land zurückzukehren. Doch es sollten fünf harte, qualvolle und traumatische
Jahre vergehen, bis ich Hellas wiedersah.

Da ich mit meinem Mann die Verantwortung für die Kinder
teilen konnte, wandte ich mich sozialen Problemen zu und
machte ein Diplom in Soziologie an einer Abendschule. Ich
fand dann einen Halbtagsjob bei einer Wohlfahrtsorganisation,
die sich um alleinerziehende Familien kümmerte. Die ent-
setzlichen Lebensbedingungen dieser tapferen, jungen Frau-
en in Gegenden wie Brixton und Balham veranlaßten mich,
mich mehr mit ihren Problemen als mit meinen eigenen zu
beschäftigen. Und meine waren immens.
Mein zweiter Mann erkrankte an Blasenkrebs. Nachdem er
ein Jahr lang nach Methoden der konventionellen Medizin
behandelt und operiert worden war, entschied er sich zu einer alternativen Medizin, der strengen Gerson-Therapie. Frisches, organisch angebautes Gemüse und Fruchtsäfte mußten
alle vier Stunden in einer besonderen Gemüseraspel zubereitet werden. Ich blieb zu Hause, um ihn bei seiner Diät zu
unterstützen, aber auch nach sechs Monaten war der Krebs
nicht besiegt. Es ist möglich, daß seine mentale Haltung damals die Heilung verhinderte. Der Krebs griff auf die Lunge
über. Ich war bei ihm, als er starb. Niemals werde ich den
Schrecken seines Todes vergessen. Er war abgemagert, voll-
gepumpt mit Morphium, und sein Röcheln war so laut, daß
man es im Nebenraum hören konnte. Ich legte mich in das
Bett neben ihn und versuchte zu schlafen. Plötzlich war es
still. Ich wußte, er war tot. Ich hatte niemals das Sterben
eines Menschen miterlebt und war außer mir.
Mein Sohn war mit der Schule auf einer Klassenfahrt.
Als er zurückkehrte, fragte er:»Wo ist Daddy?«

Ich erzählte es ihm behutsam. Seine großen, blauen Augen starrten mich ungläubig an, dann begann sich der kleine Neunjährige vor Tränen zu schütteln. Ich nahm ihn in meine Arme und mit ins Bett, er weinte die ganze Nacht, bis er erschöpft einschlief.

Nach neun Jahren war ich wieder allein. Ich machte meine Qualifikation in Sozialarbeit; das bedeutete, daß ich zunächst eine Selbstanalyse machen mußte, bevor ich anderen professionelle Hilfe anbieten konnte. Ich erkannte, daß all die Ereignisse in meiner Vergangenheit, die Verluste, das Verlassenheitsgefühl, die Angst vor Zurückweisung, die Unfähigkeit, meine innersten Gefühle auszudrücken, der unterdrückte Groll, Wut in mir erzeugt hatten, die sich über fünfundvierzig Lebensjahre in mir eingenistet hatte. Neben meiner anderen Arbeit nahm ich vierzehntägig an Psychodrama-Sitzungen teil, um Antworten auf meine Fragen zu bekommen. Aber es war leider zu spät. Der unterdrückte Ärger hatte in mir Gebärmutterhalskrebs ausgelöst, der auf die Gebärmutter übergriff. Nach der operativen Entfernung der Gebärmutter ergab eine Biopsie, daß noch Krebszellen im Körper waren. Im Marsden Hospital auf der Fulham Road verbrachte ich neunzehn Stunden auf einer geschlossenen Station, die Beine in der Luft und mit radioaktiven Isotopen in meiner Scheide. Ich weiß nicht, wie ich es sonst nennen soll, weil da nicht mehr viel übrig war. Allein und voller Angst ertappte ich mich dabei, der landläufigen Meinung zu glauben, daß das nun der Preis für meine oft wechselnden Geschlechtspartner in der Vergangenheit war. Als ich diesen unmenschlichen Phallus in mir spürte, wollte ich niemals wieder meine Beine öffnen. Aber diese Behandlung hatte Erfolg. Ich besuchte das Marsden regelmäßig zu Kontrolluntersuchungen. Dann, nach einem Jahr, stellte man Brustkrebs fest. Ich glaube, diese letzte Entdeckung hat mich schließlich dazu veranlaßt, mein Leben grundlegend zu ändern. Nur im Angesicht des möglichen Todes kannst du mit Klarheit die falschen Prämissen erkennen, auf denen du deine Wertvorstellungen aufgebaut hast.

Das Schicksal brachte mich mit einer Frau zusammen, die auch Brustkrebs hatte und der gesagt worden war, sie habe noch zwei Monate zu leben. Zwei Jahre danach konnte sie mir die Telefonnummer eines Wunderdoktors in der Harley Street geben, der Anhänger der alternativen Medizin und der Homöopathie war. Ich machte einen Termin und wurde in einen Raum geführt, der eher an ein Gewächshaus als an eine Arztpraxis erinnerte. Ein großer Mann mit aufrechtem Gang und den blauesten, stechendsten Augen, die ich je gesehen hatte, nahm meine Hand und setzte sich zu mir. Ich erzählte ihm meine Geschichte, die medizinische und die persönliche.

»Meine liebe Lady«, sagte er, »kein Wunder, daß es Ihnen schlecht geht, aber Sie können sich wieder davon erholen.«

Er verordnete mir eine streng vegetarische Diät. Ich bekam wöchentlich Injektionen mit heilenden Mistelpräparaten. Ich durfte weder rauchen noch trinken. Jeden Tag mußte ich vier Stunden ruhen, ohne ein Buch, ganz entspannt. Die bösartigen Zellen wurden operativ aus der Brust entfernt.

In dieser trostlosen Zeit gaben mir die Liebe und der Zuspruch meiner Freunde und meiner Familie die Kraft, es durchzustehen. Meine Kinder pflegten mich, respektierten mein neues Leben, waren geduldig und stark. Und meine Freunde - viele von ihnen waren da - zeigten mir Liebe und Mitgefühl. Es war der ausgesprochene Ausdruck ihrer Liebe, der mich überzeugte, daß ich ein liebenswerter Mensch war. Wenn sie mich alle so sehr liebten, warum konnte ich mich dann nicht selbst lieben?

Ich hatte Zeit zu entspannen und las begierig, besonders Bücher über Selbstheilung. Die Simonstown Methode der positiven Visualisierung und das Louise-Haye-Buch, deren neueste Praktiken ich anwandte. Die Bücher von Shirley MacLaine las ich immer wieder und entdeckte die New Age Bewegung. Ich diskutierte mit vielen Freunden, die auch auf der Suche nach dem wahren Sinn des Lebens waren, über Kristalle, Energien und Meditation. Intuitiv wußte ich, daß der einzige Weg zu meiner ganzheitlichen Heilung die Suche nach meinem inneren Ich war. Shirley MacLaine ist dazu in die entlegenen Gebiete des Himalaja gegangen. Ich wußte, das ich diese Art von Frieden in London nicht finden würde. Aber ich konnte es mir nicht erlauben, nicht zu arbeiten.

Doch jetzt weiß ich, daß ich diese Gelegenheit ergreifen muß. Lilika, bisher hatte ich nie die Chance, die "wilde Seite" meines Ichs zu finden. Du hast deine Zeit in Griechenland gehabt. Ich glaube, nur dort kann ich mein wahres Ich finden, das mir, seitdem ich hier lebe, abhanden gekommen ist.«
Lilika nahm meine Hand: »Jetzt verstehe ich dich Liz, ich werde dich in den Ferien besuchen. Sollen wir gehen?«
Als ich durch die überfüllte Bar stolperte, in der sich die angepaßten Stadtmenschen nach des Tages Arbeit entspannten, und ich die mir vertrauten englischen Laute hörte, »What'll it be old chap?«, »A pint of Guiness thanks«, fragte ich mich, wie sehr mir die englische Art und die Gewohnheiten fehlen würden. Ein Windstoß mit kalter Luft blies uns entgegen, und ein Schneeschauer umgab uns, als wir die Tür zur Straße öffneten. Meine sentimentalen Gedanken wurden dadurch vertrieben.
Es würde nie so kalt werden in Griechenland!
»Lilika, du bist diejenige, die verrückt ist«, sagte ich, als wir uns zum Abschied umarmten und den Schutz der warmen Untergrundbahn erreichten.

KAPITEL 4

WIRD ES GELINGEN?

Als Datum für die Eröffnung der Taverne wurde der 14. April festgelegt. Wir mußten die von Martina entworfenen Ferienbroschüren und die Begleitprospekte mit den Reservierungsplänen und den verfügbaren Räumen in England drucken lassen, um sie an potentielle Kunden zu verteilen. Im Haus gab es nur zwei Schlafräume, doch wir planten zwei weitere unter dem ersten Balkon zu bauen. Das bedeutete aber, es mußte konzentriert gearbeitet werden, und wir brauchten einen professionellen Entwurf.

Jim wollte während des Winters die Bauarbeiten übernehmen, bis die Chartersaison im April wieder beginnen würde. Für die schweren Bauarbeiten nahm er die Hilfe seines Freundes Nick in Anspruch.

Alisons Freundin Mickey, dunkelhaarig, pfiffig und hübsch, eine Grafikdesignerin und zur Zeit ohne Job, hatte von ihrem Londoner Leben momentan die Nase voll und bot ebenfalls ihre Hilfe an. Im Februar traten beide die harte, dreitägige Reise mit dem "Magic Bus" nach Griechenland an. Ich sah ihnen am Easton in der eisigen Kälte nach. Zwei hübsche Fünfundzwanzigjährige, die eine blond, die andere dunkelhaarig, aufgeregt plaudernd über die bevorstehende Reise. Ich winkte ihnen nach, bis ich sie nicht mehr sehen konnte.
»Viel Glück, ihr Lieben.«

Und wie sie das brauchen konnten! Nach Überquerung des Kanals in Frankreich wurden sie einem anderen Bus zugeteilt, keinem Pullman, sondern einem schrottreifen Omnibus mit einem Fahrer, der so aussah, als würde er am Steuer einschlafen. Neben ihm lag eine Flasche Brandy, aus der er in regelmäßigen Abständen einen Schluck nahm.

Die Reise durch Jugoslawien über die mit Eis und Schnee bedeckten Gebirgsstraßen wurde zu einem gefährlichen Alptraum. Nach drei Tagen erreichten sie abgerissen und verdreckt das zivilisierte Athen.

»Oh Mickey, Gott sei Dank!« Ali atmete auf, »endlich kann ich auf eine anständige, saubere Toilette gehen. Auf der Bustoilette konnte ich nicht, ich war seit drei Tagen nicht!«

Sie eilte zu einer Toilette am Busbahnhof, während Mickey sich auf eine Bank fallen ließ, umgeben von ihren Rucksäkken und den Grafik-Utensilien. Eine Stunde verging und keine Spur von Ali.

»Sie kann doch nicht so lange brauchen, um sich zu entleeren«, dachte Mickey, »was macht sie nur?«

Mickey bat eine alte, schwarz gekleidete Frau, die auch von Paketen umgeben wartete, auf ihr Gepäck aufzupassen und ging zur Toilette. Dort hörte sie Alison aus der letzten Kabine rufen: »Hilfe, Hilfe!«

Unter der Tür strömte das Wasser heraus, und Mickey sah Alis Füße unter dem Türspalt.

»Ali, was ist los?«

»Mickey! Komm herein, die Tür ist offen, ich kann mich nicht bewegen!«

Sie platschte durch das Wasser, drückte die Tür auf und fand Ali vornübergebeugt auf der Toilette sitzend, den metallenen Wasserkasten auf ihren Schultern.

»Verdammt, meine Liebe, was hast du gemacht?«

»Ich habe nur an dieser Kette gezogen, und dann ist das verdammte Ding aus der Wand gebrochen. Griechische Toiletten sind die Hölle! Kannst du mich irgendwie von diesem Spülkasten befreien?«

Nach einigen Anstrengungen gelang es Mickey, Alison von ihrer beschwerlichen Last zu befreien. Sie wateten aus der Toilette, triefnaß und aufgebracht über ihren ungewöhnlichen Start in Griechenland.

In Trizonia angekommen, wurden sie von Jim, Nick und einem australischen Paar, Darren und Helen, begrüßt, beide Anfang zwanzig und auf Weltreise. Jim hatte sie in Patras kennengelernt, und es stellte sich heraus, daß Darren gelernter Schreiner war, gerade das, was wir zur Zeit dringend brauchten, um Türen, Fensterrahmen und Betten zu zimmern. Jim und Nick hatten die Zimmer unter dem Balkon bereits im Rohbau erstellt. Das Haus glich einem Bienenhaus. Außen war es weiß gestrichen, die Fensterläden dunkelgrün. Das Dach aus Asbest hatte das gleich Rostrot wie die Schieferdächer der anderen Häuser im Dorf. Die Innenwände wurden weiß getüncht, der Boden und die Holzvertäfelungen lakkiert, Gardinen aufgehängt und Schilder gemalt. Ein riesiges Schild "LIZZIES YACHT CLUB" reichte über die gesamte Breite des Daches, damit es von vorbeikommenden Seglern auch gesehen werden konnte. Andere Schilder am Fuße der Stufen und an der Anlegestelle trugen die Aufschrift "TAVERNE - JETZT GEÖFFNET".

Wir näherten uns Ende März, und statt der "Marie Celeste" stand da ein properes, kleines Haus mit Taverne, umgeben von den ersten Frühlingsboten. Zu unserer Mannschaft gesellte sich Jenni, eine Freundin von mir; ihr war vor kurzem die Gebärmutter entfernt worden, und sie brauchte Ruhe. Doch da sie praktisch veranlagt ist, half sie uns, Spiegel zu rahmen und Türen zu streichen. Jedes Mal, wenn sie zum Strand ging, sammelte sie flache, weiße Kieselsteine und plazierte sie auf den vielen Stufen zur Taverne hinauf. Dies sollte den Gästen den Weg weisen, besonders nachts, da es auf dem Pfad kein Licht gab.

An den Abenden versammelten sich alle um das kleine Holzfeuer im hinteren Raum, denn es war morgens und abends immer noch recht kalt. Sie backten Folienkartoffeln, tranken

Holzbrennofen

Ouzo und sprachen das Arbeitsprogramm des nächsten Tages durch. Ali machte ihre übliche Liste - eine Gewohnheit, die alle meine Kinder von mir geerbt hatten. Es wurde ein Spaß daraus, und bevor alle ins Bett fielen, drängelten sie sich um sie, um zu sehen, welche Aufgaben ihnen übertragen wurden. Darren, Helen und Jim schliefen immer auf dem Boot. Die Betten waren zwar schon fertig, aber die Matratzen noch nicht gekauft. Darren liebte seinen Drink, und nachdem er eines Abends zwei *Ouzo* zu viel getrunken hatte, fiel er auf dem Heimweg zum Boot beim Versuch, die erste Kurve auf der Treppe zu nehmen, in einen großen Kaktus. Laut fluchend wurde er aus dem stachligen Triffid gezogen. Helen verbrachte die nächsten Stunden damit, die Dornen aus seinen unteren Körperteilen zu entfernen. Zwei Tage konnte er nicht arbeiten.

Die Insel schlug alle in ihren Bann. Frühlingsblumen wie roter Mohn, Krokusse und Glockenblumen standen in voller Blüte. Die Mandelbäume bildeten rosa Blütenwolken, und der wilde Spargel brachte die ersten Knospen hervor. Trizonia hat drei Strände, die zu Fuß erreichbar sind, und Jim zeichnete eine Karte von der Insel, die er für die Gäste ans schwarze Brett heftete.
Der Strand an der weiter entfernten Westküste, der aus quarzhaltigen Felsen bestand und alle Steine rot färbte, wurde "Red Beach" genannt.
Im Südosten entdeckten wir eine wunderschöne Bucht, geschützt hinter zwei Felsvorsprüngen. Nur der Südwind konnte sie erreichen. Leider hatten die Winterstürme hier Strandgut und jede Menge Plastikflaschen angetrieben - darum nannten wir den Strand "Bottle Beach".
Weiter Richtung Süden gab es einen Strand und mehrere kleine Buchten, in denen Kapernsträucher wuchsen. Hier hatten wir im September Delphine beobachtet, die sich springend und

tauchend im Wasser tummelten. Also wurde das der "Dolphin Beach".

Das Hauptproblem beim Betreiben der Taverne war die Energieerzeugung für Licht, Kühlschränke und Wasserpumpe. Der Dieselgenerator hinter dem Haus hatte so seine Mucken. Um unseren Energiebedarf zu decken, mußte er zweimal am Tag in Betrieb genommen werden. Wenn er lief, hallte sein lautes Stottern durch die sonst so stille Bucht. Das Trinkwasser auf der Insel kam aus einer Gebirgsquelle des Festlands über eine am Meeresboden verlegte Rohrleitung und wurde in einem Brunnen oberhalb des Dorfes aufgefangen. Wir bezogen unser Wasser aus diesem Brunnen. Durch ein Rohr entlang der Straße lief es in unsere drei Basistanks am Fuße des Gartens. Von dort mußte es jeden Tag über Schläuche in zwei Wasserbehälter auf dem Dach gepumpt werden. Ständig war der Wasserstand zu überprüfen, damit sie nicht überliefen. Dieses antiquierte System war unzuverlässig und zeitraubend.

Ali beantragte deshalb einen Stromanschluß. Sie suchte mehrmals die nächstliegende, für uns zuständige Elektrizitätsgesellschaft auf, bis schließlich ein Beamter und sein Gehilfe zu uns kamen und feststellten, daß zehn Holzmasten nötig waren, um die Leitung vom letzten Haus des Dorfes bis zur Taverne hochzuziehen. Zwar konnten sie nicht sagen, wie lange es dauern würde, bis bei uns das Licht anging, aber sie verlangten eine große Anzahlung in Drachmen von umgerechnet tausend Pfund, bei der Bank zu hinterlegen, bevor der erste Schritt erfolgen würde.

Ali rief mich besorgt an.

»Mum, hast du das Geld? Wir brauchen unbedingt einen Stromanschluß, sonst ist es nicht möglich, ein wirtschaftliches Geschäft aufzubauen!«

Das war im Februar. Wir erhöhten den Überziehungskredit

und schickten einen Bankscheck über tausend Pfund an die Griechische National Bank. Aber nichts geschah. Die arme Ali strampelte sich weiterhin ab, Menüs zu planen und die preiswertesten Geschäfte zu entdecken. Der Transport der Einkäufe bestätigte sich als mühsam und unpraktisch. Alles mußte zunächst per Taxi oder Lastwagen zum gegenüberliegenden Ufer des Festlandes und weiter per Jacht oder Wassertaxi zu unserer Anlegestelle gebracht werden. Dort wurde es ausgeladen und einige Stufen hochgeschleppt. Dann kam alles auf einen von Darren konstruierten Karren mit dem unpassenden Spitznamen »The Rocket«. Dieser bestand aus einer Holzkiste auf zwei Fahrradreifen, der vorne einen und hinten zwei Metallgriffe hatte. "The Rocket" wurde mit dem Vorderteil an Alisons noch klapprigeres, altes Moped gehängt, und hinten mußte jemand schieben, um so die Ladung den dreißig Meter langen, steilen, staubigen Weg hinauf bis zur untersten Stufe der Treppe zur Taverne zu befördern. Jetzt waren die Einkäufe noch über fünfunddreißig Stufen in den Schatten der unteren Terrasse zu tragen. Der Transport der Kisten nahm einen ganzen Tag in Anspruch. Die hübsche Jacht wurde zum Lastschiff, führte ihre neuen Aufgaben allerdings mit Stil durch.

Viel zu schnell war der April da. Letzte Einkäufe von Matratzen, Kissen, Steingutgeschirr und Kochtöpfen wurden erledigt und die Vorräte in Erwartung der ersten Gäste aufgestockt: Lebensmittel, Kräuter, Gewürze, Tischdecken und Toilettenpapier aus einem Athener Supermarkt. Die Küche war ausgestattet mit einem dreiflammigen Gasherd, einem sehr alten, nicht regulierbaren Propangasbrenner und einer Mikrowelle, aus England geschmuggelt, da solche Geräte in Griechenland unverhältnismäßig teuer waren. Eine sehr alte Gefriertruhe, die ungesund glucksende Geräusche von sich gab, ließen wir nur morgens und abends laufen, sonst

"Arion Bleu" mit Kisten beladen

produzierte sie gewaltige Mengen an Eis und konnte nicht mehr geschlossen werden. Auch der vorhandene secondhand Kühl- und Gefrierschrank konnte nicht den ganzen Tag laufen, da dann der Generator überlastet worden wäre.

Doch Ali und Mickey gewöhnten sich an all diese Eigenarten und waren trotz der unzureichenden Ausstattung gut organisiert.

Sie hatten entschieden, neben den üblichen griechischen Vorspeisen auch internationale Küche anzubieten, denn die häufigste Klage von Griechenland-Besuchern betraf die geringe Auswahl auf den Speisekarten der Tavernen. Chili con Carne, Leber und Speck und Thai-Chicken-Salat sollten die Spezialitäten des Hauses werden, wahlweise mit gebackenen Kartoffeln oder Pommes Frites. Ein vegetarisches Gericht, Käsekuchen oder Obst und Joghurt als Nachspeise rundeten das Angebot ab.

Wir erwarteten hauptsächlich Gäste von den Jachten. Doch wir hegten die Hoffnung, auch Menschen aus dem Dorf anlocken zu können, selbst wenn sie nur zu einem Drink und *Mezzes* kamen. Die Griechen gehen ungern aus, sind gewöhnlich sehr skeptisch, was ausländisches Essen angeht, und verlangen normalerweise ihre gewohnte Kost. Wenn sie sich mal trauen, ein anderes Gericht zu probieren, würzen sie es mit viel Salz und Limonen und verderben somit sämtliche Raffinessen der "Haute Cuisine".

Arthur hatte sich mit einer großen, englischen Firma in Verbindung gesetzt, die auf Segeltörns in Griechenland spezialisiert war. Vierzig Jachten lagen im Ionischen Meer und würden Ende April in Richtung Trizonia auslaufen. Arthur teilte dem Manager mit, daß der Jachtklub geöffnet sei und erfuhr, daß die Jachten an unserer Insel anlegen würden. So konnten wir mit mindestens siebzig Kunden zu Beginn unserer Saison rechnen.

Später folgten noch zehn Ferienbuchungen für das Haus. Das

bedeutete zusätzliche Einnahmen für Frühstück und Mittagessen. Die Gäste konnten zwar auch außerhalb speisen, wir hofften jedoch, daß der Fußmarsch durch die Dunkelheit ins Dorf sie oft davon abhalten würde. Ali beschloß, ein Konto bei der Post zu eröffnen.

In England konnten Arthur und ich uns über vier weitere Jacht-Charter-Kunden freuen. Es waren hauptsächlich Freunde. Die sehr teuren monatlichen Anzeigen in den Jachtmagazinen brachten keine Resonanz. Vielleicht waren die Menschen skeptisch, da wir nur über eine Jacht verfügten, und das in einem Gebiet Griechenlands, von dem noch niemand etwas gehört hatte.

Auf Wunsch stellte ich den Kunden Reiserouten zusammen, denn die Insel war schwer zu erreichen, wenn man die Gegend nicht kannte, angefangen bei der Ankunft in Athen. Darum ging ich ganz methodisch vor. Reise per Taxi zum Busbahnhof, Busreise, Fähre und Wassertaxi bis zum Zielort. Das wurde den Kunden zugesandt, nachdem sie die Gesamtsumme bezahlt hatten. Ich zeigte Martina die gedruckte Broschüre, da sie die Karte gezeichnet hatte.

»Mein Gott, Lizzie, so kannst du ihnen das nicht schicken«, bemerkte sie, »niemand will mehr nach Trizonia reisen, wenn er das gelesen hat. Es klingt wie eine fürchterliche Fahrt. Schau, was du über die Taxifahrer geschrieben hast: "nicht vertrauenswürdig, überprüfen Sie den Fahrtenschreiber, und rufen Sie die Polizei, wenn Sie Probleme haben". Das reicht, um jeden von Anfang an abzuschrecken!«

»Hör zu, Darling, es ist nun gedruckt, und Vorsicht ist besser als Nachsicht«, konterte ich kleinlaut.

»Warum zur Hölle fragst du mich dann nach meiner Meinung?« war Martinas verständliche Reaktion.

Vielleicht sollten wir einen Taxi-Service für die gesamte Strecke nach Trizonia anbieten für diejenigen, die entweder reich oder nach der Flugreise müde genug sind, sich diesen Luxus zu leisten.

Ich setzte mich mit Ali in Verbindung und bat sie, einen Taxifahrer vor Ort zu finden, der unsere Buchungen übernehmen würde. Der Fahrer des größten Fahrzeugs, eines alten Volvos, war Yannis. Sie besuchte sein Haus auf dem Festland. Seine Frau, korpulent und mit scharfen Gesichtszügen, sagte ihr, daß er im *Kafenion* sei. Ali fuhr zurück zum Café am Wasser und fragte, wer von den versammelten Kartenspielern denn der Taxifahrer Yannis sei?

»Der dahinten, der den *Ouzo* trinkt«, sagte der Besitzer und zeigte mit seinen dicken Fingern hinüber zu einem Mann mit einem großen, kantigen Kopf, faltigem Gesicht und lockigen, schwarzen Haaren.

»*Yeia sou Yannis,* ich bin Alison aus Trizonia«, stellte Ali sich vor.

Er erhob sich schwerfällig, schaute sie an und ergriff ihre Hand. »*Yeia sou Koritsi, Wou... ou li...a. ou?*«

Ali war entsetzt über die Stimme, die ihr antwortete. Ein komisches Gekrächze brach jedes Wort ab, bevor es ausgesprochen war. Der wirkliche Inhalt des Satzes mußte dann mehr erraten werden. Yannis war ein freundlicher, eifriger Mann und erklärte sich zur Beförderung unserer Gäste zu einem Festpreis einverstanden. Da er nicht zu verstehen war, mußte Ali ihm Datum und Uhrzeit der jeweiligen Ankunft aufschreiben. Sie druckte ein Schild mit der Aufschrift »LIZZIES YACHT CLUB«, durch welches sich Yannis am Flughafen zu erkennen gab. Er war sehr stolz auf das Schild und legte es in den Kofferraum seines Wagens, eingewickelt in eine Tischdecke. Yannis war sehr gutmütig; selbst als ein Fahrgast etwas ungeschickt seine Zigarettenkippe aus dem Fenster warf, diese zurück ins Auto flog und seine Haare entzündete, lächelte er den Kunden milde an, als dieser ihm auf den Kopf schlug, um das Feuer zu löschen. Er dachte wohl, das wäre eine englische Gewohnheit.

Das Problem war, daß Yannis kein Wort Englisch sprach. Selbst wenn die Gäste einige Worte Griechisch konnten, verstanden sie ihn nicht wegen seiner Stimme.

Das Schlimmste war jedoch seine ständige *Ouzo*-Fahne. Die Gäste hatten während der ganzen Fahrt Angst und zweifelten an seinen Fahrkünsten. Nach dreieinhalbstündiger Fahrt - die letzte Stunde führte durch Haarnadelkurven mit Gedenktafeln an tödlich Verunglückte an jeder Ecke - kamen sie in einem Zustand des Entsetzens und völliger Erschöpfung an.

Ich hatte in England meine Kündigung eingereicht, und das Haus stand zum Verkauf. Da ich bis jetzt noch keinen Käufer gefunden hatte, wollte ich es zunächst vermieten und in jedem Fall im Juni nach Griechenland umziehen.

Zu den Osterfestlichkeiten wollte ich in Griechenland sein. Mein Sohn Simon und zwei Freunde aus meiner Sozialstation wollten auch nach Trizonia kommen und als zahlende Gäste zu einem guten Saisonbeginn beitragen. Arthur sollte mit dem Auto fahren und auf dem Trailer unser gebraucht gekauftes "Dell Quay Dory" Boot nebst Motor mitbringen. Er wollte den Wagen und das Boot vollstopfen mit Dingen, die in Griechenland nur schwer zu bekommen waren, wie Ersatzteile, Werkzeuge, Funkgerät und einige Möbelstücke, von denen ich mich nicht trennen konnte, zum Beispiel eine alte Reiseapotheke, die zum Stil des Hauses paßte und außerdem nützliche Mittel gegen Ameisen und Mäuse enthielt.

Das Royal Marsden Hospital hatte mir mitgeteilt, daß innerhalb der nächsten acht Monate keine weitere Untersuchung gemacht werden mußte. Ich war sicher, mein Entschluß, England zu verlassen und mich auf ein ganz anderes Leben einzulassen, würde ein wesentlicher Teil meiner Genesung sein. Streß war ein Wort, das ich vergessen wollte.

Monument

KAPITEL 5

GRIECHISCHE OSTERN

Simon, meine Freundin Sue aus London und ich wurden von dem freudestrahlenden Taxifahrer Yannis um fünf Uhr nachmittags am Flughafen in Athen begrüßt. Die Umarmungen sagten mir, daß er diesmal nicht an der Flasche genippt hatte. Wir setzten uns in seinen alten Volvo für die dreieinhalbstündige Fahrt zur Insel, und es war dunkel, als wir die Anlegestelle vis-à-vis der Insel erreichten. Ich war aufgeregt und voll neugieriger Erwartung auf das, was ich vorfinden würde. Bis jetzt hatte ich nicht eine der Veränderungen selbst gesehen, ich war nur per Brief oder Telefon darüber informiert worden.

Als wir die Halbinsel in der Dämmerung beim Schein der Lichtsignale des Leuchtturms umrundeten, war ich überwältigt vom Anblick, der sich mir bot: Alison und die anderen hatten Hervorragendes geleistet, um aus der "Marie Celeste" einen Jachtklub zu machen. Meine bis dahin bestehenden Zweifel waren nun endgültig zerstreut.

Man hatte das Motorengeräusch der *Caique* gehört, und alle kamen mit Sturm- und Taschenlampen die Stufen herab. Die Lichter bewegten sich zickzackförmig in einer Prozession den Hügel hinunter bis zur neu errichteten Anlegestelle. Dort wurden wir begrüßt.

»Hallo ihr Lieben, wie geht es euch? Laßt euch anschauen!«

»Simon und Sue, wie geht's? Schön euch zu sehen.«

Wir stolperten den Fußweg hinauf zusammen mit Mickey, Jenni, Jim, Helen, Darren und Alison, die uns mit ihren Lampen den Weg zum Haus beleuchteten. Als ich die Außentür öffnete, schaute ich staunend in das frisch gestrichene, ordentliche Eßzimmer. Alle standen lärmend um mich herum und warteten begierig auf meinen Kommentar.

»Na, Mum, was meinst du?«

Ich war sprachlos und ließ mich auf einen Stuhl sinken, Tränen liefen über meine Wangen.

»Sieht es denn so schlimm aus?«

»Nein, meine Lieben, entschuldigt, ich kann es einfach nicht fassen, daß ich endlich hier bin, und daß ihr aus der ehemaligen Ruine diesen Ort geschaffen habt, der nun tatsächlich mein Zuhause sein wird. Ich danke euch.«

Um ihre Verlegenheit wegen meines Gefühlsausbruchs zu überspielen, liefen alle geschäftig umher und zeigten uns die anderen Räume.

Simon schaute sich um und murmelte: »Es ist großartig, wow, wahnsinnig.«

Sue sagte begeistert: »Oh Lizzie, meine Güte, es ist einfach toll, du hast das Richtige getan, welch ein Paradies!«

Dann saßen wir an dem langen Holztisch, aßen, tauschten Neuigkeiten aus, erfuhren von den Problemen, die sie gemeistert hatten, und schmiedeten Zukunftspläne.

Nach mehreren *Retsinas* fühlte ich mich sehr müde, entschuldigte mich und stieg die Wendeltreppe hinauf in mein kleines Schlafzimmer unter der Dachschräge. Ich schlüpfte in das frisch bezogene Bett und hörte nichts außer dem beruhigenden Plätschern des Wassers. Zum ersten Mal schlief ich in diesem Haus, und ich hörte es sagen: »Willkommen zu Hause, entspanne dich, hier bist du sicher«, und entspannt fiel ich in einen friedlichen Schlaf.

Am nächsten Tag wurden Arthur und Nick mit der "Dell Quay Dory" erwartet. Vom Balkon aus konnten wir das Festland sehen. Simon beobachtete mit dem Fernglas den Platz, an dem Arthur das Boot zu Wasser lassen sollte.

Derweil sah ich mir das Haus genauer an und war entzückt von den Veränderungen unter dem unteren Balkon. Dort war jetzt eine neue Dusche und Toilette; man konnte hier bei geöffneter Tür mit Blick auf das Meer, auf Bäume und Blumen duschen. Es war bestimmt die hübscheste Toilette der Welt.

Dann kamen Arthur und Nick an. Arthur wollte eine besonders gute Figur abgeben und spritzig um die Bucht rasen. In seiner Aufregung hatte er jedoch vergessen, den Stöpsel in das Spundloch zu stecken, und bereits nach fünfzig Metern begann das Boot zu sinken. Zum Glück entdeckte ein Wassertaxi ihre Notlage und eilte ihnen zur Hilfe. Der Motor der "Dory" konnte nicht mehr gestartet werden. Darum mußte Arthur zu seiner großen Schande von der *Caique* im Schlepptau zur Anlegestelle gezogen werden. Wir alle halfen, Boot und Auto zu entladen, und Arthur machte sich daran, den Motor wieder in Gang zu bringen. Er war immer zufrieden, wenn er mit Motorteilen hantieren konnte. So ließ ich ihn relaxen, wie er es am liebsten hatte. Am frühen Nachmittag kam er kurzatmig die Stufen hinauf.

»Liz, er läuft wieder, sollen wir eine Spritztour machen?«

»Warum nicht, laß uns mal zur gegenüberliegenden Insel fahren.«

Der 25-PS-Motor startete problemlos, und wir brausten in T-Shirts und Shorts los in Richtung der wunderschönen Insel außerhalb der Bucht, eineinhalb Kilometer entfernt. Als wir uns der Küste von St. Georges Island näherten, ging der Motor plötzlich aus. Trotz Arthurs verzweifelter Versuche, ihn wieder zu starten, geschah nichts. Wir ruderten zum Strand, um nicht von der Strömung aufs offene Meer hinausgetrieben zu werden. Dann wateten wir keuchend zum Strand, das kalte Wasser reichte uns bis an die Oberschenkel, und Arthur befestigte das Boot an einem Pfahl. Seine Zigaretten, die er in der Tasche seiner Shorts gehabt hatte, waren naß geworden. Er legte sie zum Trocknen in die Sonne und machte sich daran, den Motor auseinander zu nehmen.

Im Vertrauen auf Arthurs technisches Können begann ich, die Insel zu erkunden. Sie war sehr grün, und ein verlassenes Haus verfiel in einer kleinen Bucht. Daneben stand eine winzige, unbenutzte Kapelle, die irgendwann von einem geschäftstüchtigen Griechen zu einer Bar umgebaut worden war. Es gab einen Holzkohlengrill, und an einer Wand der Kapelle stand in abgeblätterten Farben: "*Souvlaki*, Coca-Cola, Eis. Willkommen in der Kloster-Bar".

»Wer hatte sich dieses Sakrileg in diesem streng orthodoxen Land erlaubt?« fragte ich mich amüsiert und trat den Rückweg zum Strand an durch Pinienzapfen und Kakteen.

Arthur sah äußerst verzweifelt aus.

»Was ist los?«

»Wir haben kein Benzin mehr!«

»Verdammt, was machen wir jetzt? Niemand weiß, wo wir sind.«

Arthur blinzelte nur und langte nach einer nassen Zigarette, aber das Feuerzeug funktionierte nicht! Verzweifelt rieb er zwei Steine aneinander. Er dachte nicht daran, ein Feuer anzuzünden, um auf uns aufmerksam zu machen.

Es wurde kalt, das nasse T-Shirt und die Shorts waren nicht warm genug für einen Spätnachmittag im April. Ich stieg auf einen Felsen gegenüber dem Festland, von wo ich beobachten konnte, wie die Wassertaxis hin und her durchs Wasser zogen. Ich fand eine alte, weiße Styroporbox, stellte mich auf den Felsen und winkte mit der Box hin und her, um Notsignale abzugeben, wie ich es im Segelkurs gelernt hatte.

Nach einer Stunde waren meine Arme lahm, doch ich sah, wie eine *Caique* von ihrer ursprünglichen Route abwich und auf die Insel zusteuerte. Ich kletterte hinunter zum Strand, um Arthur, der immer noch versuchte, eine Zigarette anzuzünden, die gute Nachricht zu überbringen. Wieder mußte er abgeschleppt werden, und was besonders unangenehm für ihn war, es war wieder dieselbe *Caique*.

Priester mit Kind

Ostern übertrifft in Griechenland alle anderen Feste. Die Vorbereitungen beginnen bei den orthodoxen Griechen bereits in der Fastenzeit. Es wird gefastet und weder Fleisch, noch Öl, noch Fisch angerührt.

Die traditionellen Karfreitagszeremonien sind sehr bewegend. Eine Christusfigur wird durch das ganze Dorf getragen und in der örtlichen Kirche aufgebahrt. Der Höhepunkt des Festes jedoch ist die Osternacht von Samstag auf Sonntag. Die Menschen strömen zur Kirche und versammeln sich dort mit Kerzen in den Händen.

Bei leichtem Nieselregen gingen auch wir in die überfüllte Kirche, bevor die Mitternachtsmesse begann. Wir besorgten uns Kerzen, stellten uns hinten in die Kirche und waren fasziniert von der Atmosphäre, den liturgischen Gesängen der Priester, dem Lichterschmuck, den Ikonen, und den einheimischen Gläubigen in ihren Festtagskleidern.

Um Mitternacht sagte der Priester:»Christus ist auferstanden«, und die Glocken begannen zu läuten.

Jeder wandte sich zu seinen Nachbarn und wiederholte: »Christus ist wahrhaft auferstanden.«

Der Priester entzündete nun seine Kerze und reichte das Licht weiter, bis die Kerzen aller Gläubigen brannten. Als wir hinausgingen, schützten wir mit den Händen die Flamme vor Wind und Regen. Auf dem Kirchplatz wurden Feuerwerkskörper abgebrannt, die Kinder kreischten vor Vergnügen, und sie zündeten Knallkörper ganz dicht vor uns. Wir flüchteten vor dem Knallen und Pfeifen und der unberechenbaren Pyrotechnik "Made in Hongkong" und machten uns auf den Heimweg, der Tradition entsprechend mit der brennenden Kerze in der Hand. Wem es gelingt, die Kerze brennend nach Hause zu tragen, dem steht ein glückliches Jahr bevor.

Wegen des schlechten Wetters gelang das nur wenigen von uns, doch wir zündeten unsere Kerzen vor der Tür wieder an, nachdem wir mit einer erloschenen Kerze über dem Eingang ein Kreuz gezeichnet hatten.

Mehrere Dorfbewohner hatten uns zum traditionellen Oster-
essen eingeladen, und so zogen wir gegen ein Uhr mittags ins
Dorf. Der Regen hatte aufgehört. Auf dem Marktplatz saßen
zehn Männer, und jeder drehte einen Eisenspieß über qual-
mender Holzkohle, die in einem halben Metallfaß glühte. Auf
jedem Spieß steckte ein abgezogener kleiner Ziegenkörper
mit Kopf (*Katsigaki*) und bräunte langsam über dem Feuer.
»Mum, reicht das, um zu einem Vegetarier zu werden!« sagte
Simon.

Er hatte die niedlichen, kleinen, weißen Ziegen vorher auf
der Insel gesehen, wie sie neben ihren Müttern, deren pralle
Euter fast den Boden berührten, umhersprangen und hopsten.

Am Ostersonntag stehen die Griechen sehr früh auf und be-
reiten das *Kokoretzi* vor. Es besteht aus den Innereien und
der Leber der Ziegen und wird in Wurstform über dem
Holzkohlefeuer gekocht. Sie bestanden darauf, daß ich davon aß, und hatten kein Verständnis für eine Vegetarierin. So
probierte ich einen Bissen, und da sie mich beobachteten, um
meine Reaktion auf diesen kulinarischen Hochgenuß zu erle-
ben, konnte ich ihn nicht ausspucken.

War die Ziege endlich gar, vom Spieß entfernt, der Kopf ab-
getrennt und die Brühe in eine Schüssel getropft, waren die
meisten Dorfbewohner vom *Kokoretzi* schon satt. Das Fleisch
wurde nun in große Stücke geschnitten. Der Kopf blieb liegen, um abgenagt zu werden, und der Wein floß, bis um fünf
Uhr der Tanz begann.

Die Männer zeigten ihr Können: Handtücher, Geschirrtücher,
Taschentücher, jeder handliche Gegenstand wurde bei den
traditionellen Kreistänzen eingesetzt. Ein Mann stand in der
Mitte und hüpfte und beugte sich in anmutigen, fließenden
Bewegungen zu den Klängen der Musik. Jeder, der mitma-
chen wollte, stand unvermittelt auf und reihte sich ein. Rufe

wie »*Ela, Bravo, Xronia Polla*« übertönten die Flötenmusik. Die Kinder liefen sorglos und glücklich umher. Als ich das sah, wurde mir klar, daß das ein Menschenschlag war, der es verstand, sich auf ungekünstelte und spontane Art zu vergnügen. Vielleicht war das der Grund, warum ich mich entschieden hatte, bei ihnen zu leben.

Gegen neun Uhr abends, als die Älteren auf den Stühlen eingenickt waren, wurden die *Tavli*-Spiele herausgebracht. Das Feuer war fast erloschen. Wir bedankten uns bei unseren Gastgebern und bewegten uns mit unseren Taschenlampen in einer ungeordneten Prozession den Berg hinauf.

»Mum, ich habe den Tag und die Stimmung wirklich genossen, mein erstes griechisches Osterfest, aber diese armen, kleinen Ziegen!« sagte Simon mitleidsvoll, bevor er ins Bett ging. Dies war ein bedeutender Tag in seiner Jugend, denn er veränderte seine Vorstellung über seinen weiteren Lebensweg.

Nach Ostern kam eine weitere frühere Kollegin, Joyce, mit ihrem Sohn Paul zu uns, begleitet von einem griechischen Pärchen vom Festland, Maria und Vassillis, die sie in London kennengelernt hatten. Joyce, eine offene, warmherzige und lebenslustige Frau, lobte das Haus und die Insel in den höchsten Tönen. Sie und Sue durchwanderten jeden Tag Teile der Insel, ausgestattet mit Wanderschuhen und Wanderstab, und entdeckten Pfade durch Olivenhaine und Buschwerk zu Gegenden, in denen ich noch nie war. Paul und Simon hingen den ganzen Tag herum nach Teenagerart. Sie versuchten sich im Windsurfen und Wellenreiten, doch das Meer war noch zu kalt für diese Wassersportarten.

Arthur und Jim bereiteten die "Arion Bleu" für den ersten Ende April geplanten Chartereinsatz vor; eine vierköpfige Familie wollte ohne unseren Skipper Jim segeln.

Alison und Mickey beeilten sich, die Bestände der Taverne aufzufüllen, solange Arthurs Auto noch zur Verfügung stand und viele Personen da waren, um auf den fünfunddreißig Stufen eine Menschenkette zu bilden für den Transport der schweren Getränkekisten.

Jenni und ich verbrachten die Tage mit Gartenarbeit, pflanzten die Geranien wieder ein und schnitten das hohe Gras zurück, damit die Schlangen besser bemerkt werden konnten. Wir hackten den harten, steinigen Boden mit einer Spitzhakke auf und versuchten, ein Gemüsebeet anzulegen für Kräuter und Salat. Einige Pflanzen, die hier nicht zu finden waren, wie Schwarzwurz, Nachtkerzen, Mondviolen und das Geißblatt, hatten wir aus England eingeschmuggelt. Es gelang uns, auf einer kleinen Fläche seitlich des Hauses eine Terrasse anzulegen, der einzigen dafür geeigneten Stelle. Mit Hilfe unseres neuen Freundes Ileas aus dem Dorf bestellten wir zehn Sack Dünger, um die Bodenqualität zu verbessern. Takkis, der Schafhirte, brachte uns Ziegendünger, der beste Dünger, wie er versicherte. Er kam aus einem sechs Kilometer entfernten Dorf, das man von hier aus in den Bergen auf dem Festland sehen konnte.

Wenn in seinem Gebiet alles abgegrast war, brachte Takkis seine Schafherde nach Trizonia. An der Anlegestelle trieb er die Schafe behutsam in Ileas kleine blaue *Caique*, seinen Stab mit dem gebogenen Griff schwingend und seltsame Pfeiflaute von sich gebend. Dann tuckerte er mit etwa zehn eingepferchten, vor Angst zitternden Schafen zur Insel. Blökend vor Erleichterung kletterten sie aus dem Boot. Takkis machte diese Tour mehr als zehn Mal, und nicht einmal fiel ein Schaf ins Wasser.

Allerdings war ich auch Zeuge einer etwas seltsamen Szene, als Ileas und Panayotis versuchten, ihren Esel auf eines der Wassertaxis zu bekommen. Die etwas größere *Caique* wurde von einem gut aussehenden, einwandfrei gekleideten, jungen Mann namens Lambros gefahren. Er war ziemlich pingelig mit seinem Boot und reinigte und polierte es ständig.

Sie zogen und beschimpften das Tier, das sich weigerte, von der Stelle zu gehen. Es rollte die Augen und stand wie festgenagelt an der Anlegestelle.

Deshalb banden Ileas und Panayotis ihm seine vier Beine zusammen, und mit Hilfe anderer Passagiere hoben sie den Esel auf den Bug des Bootes, die Passagiere mußten innen sitzen. Das Meer war sehr rauh an diesem Tag, und das arme Tier schaukelte gefährlich auf dem Bug. Als sie Trizonia erreichten, wurden die Fesseln gelöst, und als die beiden Männer auf die Hafenmauer sprangen, um den Esel an Land zu ziehen, ließ er einen Haufen dampfender Äpfel auf das Boot fallen! Ob das nun aus Furcht geschah oder aus reiner Bosheit, werde ich nie erfahren.

Lambros Gesicht sprach Bände und spiegelte nacheinander Ekel, Wut und Unglauben wieder. Er schaufelte den stinkenden Haufen ins Meer - wie gut hätte ich das für mein Gemüsebeet gebrauchen können -, holte Besen und Eimer und schrubbte das Deck mit Inbrunst, bis keine Spur mehr zu sehen war.

Er schrie Ileas an: »Nie wieder lasse ich deinen Esel an Bord!«

Ich bin sicher, der Esel lächelte erleichtert, als er weggeführt wurde, da er jetzt wußte, daß er diese furchtbare Reise nie wieder antreten mußte.

Bald war es Zeit für mich, wieder abzureisen. Simon, Sue, Jenni, Joyce, Paul und ich wollten über Athen nach England zurückreisen und die gleiche Reiseroute wie auf der Hinfahrt nehmen. Vassillis und Maria waren schon abgereist, und Darren und Helen wollten ihre Europareise fortsetzen. Arthur und Nick mußten das Auto nach England zurückführen.

Wir ließen Ali, Mickey und Jim nach einem ausgiebigen und ermüdenden Mittagessen im Dorf zurück. Sie hatten beim Betreiben der Taverne und im Kochen Routine bekommen

Esel mit Zweigen

und warteten nun auf die Ankunft der Flottillen, die etwas mehr Geld einbringen sollten. Die Gerichte hatten sie an uns getestet, wir hatten unsere ehrliche Meinung abgegeben, und wir "Versuchskaninchen" hatten es überlebt! Den Flottillen sollten erstklassiger Service und gastronomische Hochgenüsse geboten werden.

Ich wäre gern hiergeblieben, in der Sonne, am Meer und in der frischen Luft, um am Leben hier teilzunehmen. Aber ich mußte meine Kündigung schreiben, mich von den Menschen, die ich betreute, und den Kollegen verabschieden und das Haus verkaufen.

Durch den Verkauf des Hauses in England würde ich genug Geld haben, um meine Grundbedürfnisse zu befriedigen. In der Hitze war nicht viel nötig, Bikini, Shorts und T-Shirts waren die Standardausstattung hier. Es sollte auch noch für den Unterhalt eines Autos reichen, das ich kaufen wollte.

Alison war in der Lage, die Taverne zu führen. Aus dem Gewinn des Restaurants mußte sie Mickey entlohnen, auf Kommissionsbasis, wie in diesem Geschäft üblich.

Arthur und ich würden mit dem Geld aus der Zimmervermietung Treibstoff-Rechnungen, Hausversicherung und die allgemeinen Kosten begleichen, und Jims Gehalt würde aus den Einkünften des Chartergeschäfts bezahlt werden.

Doch zunächst mußten Simon und ich nach London zurück, da er noch zur Universität ging. Bevor ich an einen Umzug denken konnte, mußte für ihn eine Wohnung gefunden werden, denn ich konnte kein neues Leben beginnen und wirklich entspannen, solange nicht alle praktischen Dinge geregelt waren. Ich mußte alles hinter mir lassen, was in den letzten fünfundzwanzig Jahren mein Leben gewesen war.

KAPITEL 6

DIE ERÖFFNUNG

Alison, Mickey und Jim, Kellner und Tellerwäscher, hatten für die Ankunft der Ende April erwarteten Flottille alles vorbereitet.

Zwanzig Segeljachten liefen am Nachmittag in die Bucht ein. Die Führungscrews bestanden aus Skippern, Schiffsingenieuren und Reiseleitern, die die Jachten sicher in den Hafen leiteten und die Anker werfen ließen.

Mit unserem neu erworbenen VHF-Funkgerät hieß Alison sie willkommen, gab das Menü bekannt und fragte nach der Anzahl der möglichen Gäste für das Abendessen.

Die Mehrzahl der leitenden Besatzung waren Australier und Neuseeländer, fast alle in den Zwanzigern, strahlend, fit und voller Energie. Mit nackten Füßen sprangen sie die Stufen hinauf, und mit ihrer unkomplizierten, offenen Art machten sie sich sofort bei den Mädchen beliebt.

»Hey, Mann, nimm deine Wurstfinger aus der Kühlbox!«, mit Getränkedosen in den Händen überschlugen sie sich fast, als sie vor versammelter Mannschaft ihre "Großtaten" zum besten gaben.

Mit Mühe konnte Ali herausbekommen, daß vierzig Personen zum Essen kommen wollten. Alle würden gleichzeitig eintreffen, und nachdem der Skipper die Informationen für den nächsten Tag über Route, gefährliche Felsen, Wetterbedingungen gegeben hatte, waren sie zum Essen bereit.

Alle Tische waren in der Länge des Raumes zusammengestellt und gedeckt. Salat war vorbereitet, *Tsatziki, Humus* und geschnittenes Brot standen bereit. Der Generator lief auf vollen Touren, um Kühlschrank und Eisbox zu versorgen. Die Lichter wurden schwächer, da alle elektrischen Geräte eingeschaltet waren. Es trug zur romantischen Atmosphäre bei. Das Hauptgericht wurde auf den Gaskochern zubereitet, und die Kartoffeln garten langsam im Ofen. Ali, Mickey und Jim warteten zuversichtlich auf den bevorstehenden Ansturm.

Die Gäste kamen, vierzig hungrige Seeleute. Sie blieben zuerst auf dem Balkon stehen und bewunderten den Ausblick; danach setzten sie sich hin, bestellten Drinks und warteten auf das Essen.

Dann geschah es!

Wir hatten kein Gas mehr! Die Ersatzflasche war leer!

Jim nahm sofort die leere Flasche und schleppte sie die Stufen hinunter in das Beiboot. Er eilte hinüber zum Dorf, kaufte eine neue Flasche und brachte sie dann außer Atem in die Küche. Jetzt konnte das Hauptgericht endlich gekocht werden.

Unsere Gäste waren nach einigen Drinks entspannt, sie hatten ein paar Vorspeisen gegessen und die Lücke beim Service gar nicht bemerkt. Ali murmelte schwitzend über dem heißen Gasofen vor sich hin, füllte die gebackenen Kartoffeln, Chili con Carne, Leber mit Speck und Hühnchen auf die Platten, und Mickey servierte.

»Nichts kann jetzt noch schiefgehen; nicht heute abend.«

Und in der Tat, abgesehen von einem kleinen Vorfall, als Mickey ein Tablett mit dampfendem Chili con Carne zu den Tischen hinaustrug, und ein kleiner Gecko von der Decke in die Schüssel fiel (Mickey entfernte ihn geschickt mit der Gabel vor dem Servieren), lief alles wunderbar, bis der Hauptgang vorbei war.

Das Lachen der gesättigten, etwas beschwipsten, aber zufriedenen Gäste beherrschte den Raum. In der Küche umarmten sich Ali und Mickey und klopften Jim auf die Schulter, als er die Reste in den Abfalleimer warf.

»Gut gemacht«, rief Mickey, »wir haben unsere erste Invasion überstanden.«

Dann ging das Licht aus!

Gekreische, Ohs, hysterisches Gelächter, eine gespenstische Stimmung erfüllte die Taverne. »Roger, nimm deine Hand weg.« »Wo ist meine Frau?« »Ich finde meine Brille nicht.« Jim machte sofort ein paar Sturmlampen an, während Mickey Kerzen anzündete und sie auf den Tischen zwischen den vielen Gläsern und Flaschen verteilte. Ali, die noch in der Küche stand, bemerkte Brandgeruch von draußen.

»Jim, Hilfe, der Generator, schau schnell mal nach!«

Jim eilte in den Garten, die Taschenlampe in der Hand, und fand den alten Generator brennend vor. Die Flammen breiteten sich aus auf die Bäume und Büsche hinter dem Haus. Er hetzte in die Taverne.

»Alle Mann an Deck!«

Seine Seemannsausbildung und sein gesunder Menschenverstand ließen ihn - Gott sei Dank - sofort handeln. Er organisierte mit den berauschten und benebelten Gästen eine Menschenkette für die Wassereimer vom Tank zum Feuer. Dieses näherte sich bedrohlich dem Haus. Es zischte und dampfte, als es mit Wasser überschüttet wurde. Der Brand verlor langsam seine furchtbare Hitze und zurück blieb eine schwarze Rauchspur. Dann war das Feuer erloschen, aber der Generator ebenso.

Den Gästen, schmutzig und verrußt vom Qualm, doch guter Laune, wurde ein Drink auf Kosten des Hauses angeboten. Als sie im Kerzenlicht an den Tischen saßen, entnahmen wir den Gesprächen, daß die Episode des heutigen Abends all ihre bisherigen Seemannsgeschichten übertroffen hatte.

Sie versprachen sogar, im Oktober wieder vorbeizukommen, »für den Fall, daß ihr wieder unsere Hilfe braucht!«

»Wie ich dieses stoische Englische liebe«, sagte Mickey, jetzt entspannt, mit einem Glas in der Hand, als der letzte Gast zur Tür hinausging.

»Ja, aber was nun? Ohne Generator haben wir kein Licht,

keine Gefriertruhe und kein Wasser mehr. Weißt du, warum er Feuer gefangen hat? Weil wir uns von den Ereignissen des Abends hinreißen lassen und unsere goldene Regel vergessen haben: "NIEMALS MEHR ALS EIN GERÄT ZUR GLEICHEN ZEIT EINSCHALTEN". Wir hatten den Kühlschrank, die Gefriertruhe, den Herd und zusätzlich noch die Lichter an! Oh verdammt! Was mache ich mit dem ganzen Zeug in der Gefriertruhe?« Ali schaute Jim verzweifelt und hilfesuchend an.

»Ali, laß uns jetzt nicht darüber nachdenken, es ist zu spät, ich bin erschöpft und du wahrscheinlich auch. Morgen, wenn du wieder fit bist, geht es leichter.«

»Ich denke, du hast recht. Schau dir mal das viele Geld an, Mengen von Drachmen. Wenn das Geschäft so weiterläuft, brauchen wir uns über die Zukunft keine Gedanken zu machen.«

Ali packte die Einnahmen in einen Schuhkarton und schob ihn unter ihr Bett.

»Danke für eure Hilfe, ihr beiden. Wir sind ein tolles Team, schade, daß wir auch von den Geräten abhängig sind.«

Erschöpft gingen alle ins Bett mit dem widerlichen Brandgeruch in der Nase, der in der Nachtluft hing.

KAPITEL 7

DIE SCHLIESSUNG

Lange nach Sonnenaufgang saßen Jim, Mickey und Ali am nächsten Tag mit einem starken Kaffee auf dem Balkon und diskutierten über die bestmögliche Strategie.
»Ohne Generator und ohne Strom müssen wir schließen, es bleibt uns nichts anderes übrig.«
»Aber die ganzen Lebensmittel in der Gefriertruhe verderben.«
»Schau Ali, koch heute alles und frag Thanassis im Dorf, ob du es in seine Gefriertruhe packen kannst.«
»Das ist eine ausgezeichnete Idee, dann habe ich es schon für die Gäste vorbereitet, wenn wir wieder öffnen.«
»Aber wie bekommen wir den Generator wieder in Gang? Das ist bestimmt noch wichtiger!«
»Du hast recht Mickey, ich gehe ins Dorf und finde heraus, ob jemand einen Suzuki-Spezialisten in der Nähe kennt.«
»Einer sollte Mum anrufen und sie bitten, einen Scheck für die Reparatur zu schicken. Übrigens, die ersten zahlenden Gäste kommen in zwei Wochen an. Bis dahin muß der Generator wieder funktionieren!«
Ali und Mickey putzten die Taverne so gut es ging ohne fließendes Wasser. Dann fingen sie an, die Berge von Fleisch, die im Gefrierschrank vor sich hin tauten, zuzubereiten.
Jim ruderte mit dem Schlauchboot zum Dorf und traf Xristos, als er bei Thanassis seinen *Ouzo* schlürfte.
»Wie geht es, Jim?«
Xristos hatte sich selbst etwas Englisch beigebracht und übte gern mit uns, aber nur, wenn es nicht zu früh am Morgen war. Es war bereits nach elf Uhr, und die *Ouzos* hatten ihn ansprechbar gemacht. Jim erzählte ihm die Geschichte mit dem

Kafenion

Generator, und glücklicherweise kannte Xristos einen Spezialisten in Eqhion, einer Stadt im südlichen Teil des Festlandes. Hilfsbereit holte er das Telefonbuch vom Münzfernsprecher aus dem hinteren Teil der Taverne. Es gab zwar eine Tür, um beim Telefonieren die Privatsphäre zu wahren, doch die wurde nie geschlossen. So wußte das gesamte Dorf immer über jedermanns Privatleben Bescheid.

Die meisten Griechen telefonieren von den *peripteros* aus (kleine Kioske, die Zigaretten, Süßigkeiten und Zeitungen verkaufen), die an jeder belebten Straßenecken zu finden sind. Wegen des lärmenden Straßenverkehrs schreit jeder ins Telefon. Aus dieser Gewohnheit erklärte Xristos dem Mechaniker am Telefon lautstark unser Problem, während die alten Männer über ihrem Kaffee hockten, stöhnten und den Neuigkeiten über die *Oi Angloi* lauschten. Wir waren heute Mittelpunkt des Dorfgesprächs.

»Jim, du kannst den Generator morgen mit der Jacht hinbringen, er wird ihn für dich reparieren«, sagte Xristos. »Ich werde dir helfen, ihn auszubauen, die Mädchen können ihn nicht tragen.«

»Xristos, ich danke dir sehr, jetzt muß ich Liz anrufen.«
Jim rief mich an, und ich versprach ihm, einen Bankscheck schicken zu schicken, sobald er den Kostenvoranschlag des Mechanikers hatte. Ich erinnerte ihn daran, daß bald Gäste eintreffen würden, stimmte aber mit ihm überein, momentan zu schließen. Ich schlug vor, daß Ali sofort zu dem Verantwortlichen des Elektrizitätsunternehmens DEH gehen sollte, um nachzufragen, wann sie endlich unseren Stromanschluß legen würden, denn wir hatten nichts mehr gehört, seitdem wir tausend Pfund als Sicherheit geleistet hatten.

»Richtig Liz, ich werde dich wieder anrufen!«
Jim eilte zurück zum Haus, um Ali und Mickey die Neuigkeiten zu berichten.

»Guter alter Xristos, was täten wir ohne ihn. Mein Griechisch ist nicht gut genug, um mit Mechanikern spezielle technische Dinge bereden zu können«, sagte Ali.

»Ich kann nicht mehr als *Oxi* und *Nai*«, fügte Mickey hinzu. In Wirklichkeit sprach sie das *Oxi* sogar noch falsch aus, mit einem Nasallaut, der eher wie Oinki klang und dem Grunzen eines Schweines ähnelte. Allerdings sagte sie das mit solch einem Charme und freundlich lächelnd, daß sich jeder vor Lachen krümmte.

»Ich werde Xristos später holen, damit er mir hilft, den Generator runter zur Jacht zu tragen.«

»Jim, kannst du nicht etwas warten, wir sind bald mit dem Kochen fertig, dann können wir alles zusammen hinunterbringen und Thanassis bitten, es in seiner Gefriertruhe zu lagern. Ich werde ihn fragen, ob ich ihm als Dank auch einen Gefallen tun kann, Schilder malen zum Beispiel. Wir haben ja jetzt Zeit, wenn sowieso geschlossen ist.«

Ali war lange genug in Griechenland, um die Hauptmaxime zu kennen: "Eine Hand wäscht die andere".

Nachdem eine Stunde später alles gekocht und sauber in kleine Plastikbeutel unterschiedlicher Größe verpackt war, brachten sie die Vorräte hinunter ins Dorf. Mickey bewachte die Beutel vor den wilden Katzen, die mit einem Satz an Bord springen konnten, um sich ihren Festtagsbraten abzuholen, während Ali Thanassis aufsuchte, der gerade seine *Caique* mit Kisten belud. Er war einverstanden, daß Ali einen Teil seiner riesigen Gefriertruhe mitbenutzte, bis der Generator wieder lief. Schnell wurden die kostbaren Vorräte in seine Taverne getragen und in eine Ecke der Truhe gepackt.

Bei einem Kaffee beschlossen Ali und Mickey, ein großes Türschild mit Thanassis Familiennamen zu malen. Ein weiteres Schild sollte auf den Minimarkt hinweisen.

Thanassis war ein sehr fleißiger, junger Grieche und der einzige Kellner, den ich jemals zu den Tischen habe laufen sehen, wenn er Gäste bediente. Die ganze Familie arbeitete extrem hart, und das Geschäft war von sieben Uhr morgens bis nach Mitternacht geöffnet.

Jim hatte Xristos gefunden, und alle gingen zurück zum Jachtklub, um gemeinsam den Generator auszubauen und in die Jacht zu schleppen für den Transport über den Golf von Korinth. Das Schild "Geschlossen" wurde aufgehängt und die Taverne verriegelt.

Ali fertigte schnell ein Schild, das unten am Tor angebracht wurde: "WEGEN UNVORHERGESEHENER UMSTÄNDE BLEIBT DIE TAVERNE FÜR ZWEI WOCHEN GESCHLOSSEN - WIR BITTEN UM ENTSCHULDIGUNG".

»Was für eine Art, die Saison zu beginnen«, sagte Ali niedergeschlagen, als sie und Mickey das Schild über dem Tor anbrachten.

»Glaubst du, daß es zwei Wochen dauern wird?«

»Hör zu, Mickey, ich werde mich Tag und Nacht vor die Tür des DEH setzen, bis sich da etwas bewegt!«

Alison hatte eine hartnäckige Art und ließ sich so schnell nicht unterkriegen. Ihre Zeit in Griechenland hatte sie außerdem gelehrt, mit jedem Desaster fertig zu werden. Sie winkten Jim und Xristos zu, als die "Arion Bleu" mit der kostbaren Fracht an Bord aus der Bucht hinaussegelte.

In der ersten Woche rief Jim den Suzuki-Spezialisten jeden Tag an, um sich nach dem Stand der Reparatur zu erkundigen. Es gäbe Schwierigkeiten, wurde ihm gesagt. Dann folgte ein unheilvolles Schweigen. Das Telefon des Spezialisten blieb drei Tage lang stumm.

»Warum?« erkundigte sich Jim bei Xristos.

»Es ist ein Feiertag, der Namenstag irgend eines Heiligen - ich weiß nicht wessen.«

Xristos konnte sehr begriffsstutzig sein, wenn es ihm nicht in den Kram paßte.

Wir lernten schnell, daß Namenstage häufig vorkamen. Jedes Dorf und jede Stadt hatte ihren Heiligen, und an einem solchen Feiertag Geschäfte zu machen, kam einem Sakrileg gleich. Man verschwendete Stunden und Tage, in entlegene Dörfer zu fahren, wo aus irgendwelchen unersichtlichen Gründen das Steuerbüro, das Rathaus oder das Elektrizitätswerk untergebracht waren. Und wenn man endlich dort ankam, waren die Türen verschlossen!

Alison fuhr zum Chef des Elektrizitätswerkes einer weiter entfernt gelegenen Stadt, bettelte und beschwatzte ihn, verlor dann aber die Geduld und brach in Tränen aus. Letzteres mußte den unerbittlichen Bürokraten wohl bewegt haben, denn er nahm seinen Stift und sagte, er würde zehn Masten bestellen, die bald zur Insel gebracht werden sollten..., bald - und kein Wort von Elektrizität. Aber die Masten waren der wichtigste Punkt, und er würde die Lieferung garantieren, die im nächsten Monat erfolgen sollte. Müde erreichte Alison den letzten Bus, froh, wenigstens etwas erreicht zu haben.

Während Alis Abwesenheit stellte Mickey die Schilder für Thanassis Taverne fertig. Sie zeichnete auf einem neun Fuß großen Brett den Namen "TOMATO YANNIS". Als sie den Pinsel gerade säuberte, stolperte Ali die Stufen zum Balkon hoch, wo das fertige Schild auf dem Boden lag.
»Was zum Teufel ist das?«
»Ich dachte, ich könnte dich überraschen. Ist es O.K.?«
»Nein Mickey, mein Gott, es ist nicht O.K.!« Schallend lachend ließ sie sich auf den nächsten Stuhl fallen.
»Ich habe nur abgeschrieben, was du mir aufgeschrieben hast, aber deine Schrift ist ja so entsetzlich - wie dem auch sei, er muß wohl Tomaten verkaufen!« verteidigte sich Mickey.
»Hör zu, Mickey, sein Vorname ist Stamata, darum muß es "STAMATA YANNIS" heißen; aber mach dir nichts draus, jetzt wird es eingereiht in die große Anzahl von klassischen

Fehlern, die man auf griechischen Schildern und Menükarten findet.

Alison und ich hatten uns viele Male darüber amüsiert und Schreibfehler in Griechenland gesammelt und notiert. Wann immer man uns eine Menükarte reichte - sie war nur an Touristenorten erhältlich, in kleinen Orten wurde man vom Besitzer in die Küche gebeten -, ergänzten wir mit Freude unsere Liste.

Die klassischen Fehler, die in den meisten Tavernen gefunden wurden, waren: "LIMP SHOPS" für lamb chops, "MINGE MEAT" für mince meat, "LOMSTER SHRIMS" für lobster shrimps, "GREEN FIELDS", womit Salatpflanzen gemeint sein mußten. In Sparta las ich einmal "INKWELLS" für Tintenfisch. Es gab noch andere klassische touristische Hinweisschilder wie "FOUL BREAKFAST" anstatt "full" und "INGLISH IS SPEAKEN ERE", "ROOMS FOR FREE". Ein Schild an einem einsam gelegenen Binnensee gab an "NO NUDDING. THIS IS CIVILIZATION". Es war unglaublich, niemand würde in dieser Abgelegenheit schwimmen wollen, geschweige denn nackt!

In dieser Woche segelte eine 45-Fuß-Jacht unter australischer Flagge in die Bucht. Trotz des Schildes "Geschlossen" kamen ein breitschultriger Mann und eine Frau gleichen Formats zur Taverne hinauf.

»Hallo, ich bin John, und das ist Angie. Wir haben die ganze Strecke zurückgelegt, um euch zu finden, und jetzt habt ihr geschlossen. Irgendeine Möglichkeit, ein Bier zu bekommen?«

»Das wohl, aber das Bier ist nicht kalt.«

»Was für ein Platz ist das denn hier? Griechenland und kein kaltes Bier! Aber kein Grund zur Aufregung, es ist sowieso nicht so heiß draußen. Wir nehmen also zwei Bier.«

John zwängte sich in einen Stuhl und Angie fragte:»Habt ihr Probleme?«

" The Tomato Man"

Offen erzählten sie über ihre Segelerlebnisse und ihr Leben. Sie hatten beschlossen, um die Welt zu segeln, bevor sie zu alt dazu waren und daher vor sechs Monaten Australien verlassen, nachdem sie ihre Wohnung in Brisbane vermietet hatten. Sie waren erst in den Vierzigern, und John war sehr fit. Angie hatte Rückenprobleme und Hautkrebs. Darum trug sie voluminöse Hemden, um sich vor der Sonne zu schützen. Sie war eine offene, warmherzige Frau, die ihr Leben weiterlebte. Um etwas Geld zu verdienen, hatten sie eine alte Nähmaschine dabei und einen Generator, damit Angie Segel ausbessern konnte. Das Leben in Trizonia interessierte sie sehr, vor allem, wie es mit dem Geschäft auf dieser entlegenen Insel klappte.

»Mit Schwierigkeiten«, erzählte ihnen Ali, »und eines der Hauptprobleme ist die fehlende Stromversorgung. Unser Generator ist zusammengebrochen, darum haben wir geschlossen, und darum habt ihr warmes Bier bekommen.«

»Nein, nicht zu glauben«, sagte John lautstark, »zwei englische Sheilas allein mit dieser Arbeit.« Er war zwar chauvinistisch, aber reizend.

»Nein, wir haben Jim, der uns manchmal behilflich ist, wenn er nicht gerade auf einer Chartertour ist. Er ist ein guter Mechaniker.«

Gerade in dem Augenblick erschien Jim mit grimmigem Gesichtsausdruck. Sie stellten sich einander vor. Dann erkundigte sich Ali nach seinem ernsten Gesicht.

»Der Generator ist noch nicht fertig, und der Bastard will mir kein Datum nennen. Er sagt immer das gleiche, er könne die Ersatzteile nicht bekommen.«

»Verdammt, wir bekommen nächste Woche Übernachtungsgäste, was sollen wir machen?«

Angie, die aufmerksam zugehört hatte, wandte sich an John.

»Vielleicht können wir den Leuten helfen, Doll, wir brauchen unseren Generator im Moment nicht, und wir könnten ihn ausleihen, um ihnen aus der Patsche zu helfen.«

»Ja, klar« stimmte John zu, »er hat für euren Bedarf etwas wenig Power, aber ihr hättet Licht und einen Kühlschrank für unser Bier!«

»Würdet ihr wirklich, ...könntet ihr ihn uns ausleihen?« Das großzügige Pärchen nahm Alison unter seine Fittiche.

John schloß den Generator an, und die Lichter leuchteten auf, zwar etwas schwach, aber viel wichtiger noch war, der Kühlschrank, das Gefriergerät und die Wasserpumpe arbeiteten wieder.

John war praktisch veranlagt und freute sich, uns helfen zu können. Angie war begeisterte Köchin und hatte viele Rezepte, die sie an Ali weitergab. Ursprünglich wollten sie eine Woche auf Trizonia bleiben, es wurden aber drei Monate daraus!

Bei dem sicheren Geräusch des laufenden Motors hinterm Haus packten sie unsere Vorräte wieder in die Gefriertruhe. Die Wasserpumpe arbeitete, und sie entfernten das Schild "Geschlossen" in Erwartung der Gäste.

Die Strommasten des Elektrizitätsunternehmens waren immer noch nicht angekommen, aber wir hatten jetzt genug Strom, um wieder so etwas wie Service anbieten zu können.

Die Betten wurden neu bezogen, Handtücher ausgelegt, alles war sauber und ordentlich. Auf der Menükarte trugen sie die Essenszeiten ein: Frühstück von 9 - 12 Uhr, Mittagessen von 12 - 14 Uhr. Am Nachmittag hatten sie dann frei.

Jim würde mit seinen ersten Chartergästen zwei Wochen unterwegs sein, und die Mädchen beteten, daß zumindest bis zu seiner Rückkehr keine Probleme auftreten würden.

KAPITEL 8

DER KUNDE HAT IMMER RECHT

In Griechenland ist es im Mai immer noch etwas kühl, aber das Gras ist schon grün. Auf dem gegenüberliegenden Feld grasten die Ziegen in einem Meer von Klatschmohn. Die warmen Sonnenstrahlen hatten den Schnee auf den Bergen ringsherum zum Schmelzen gebracht, nur auf einer hohen Bergspitze auf dem südlichen Festland lag noch eine weiße Haube. Das Meer schimmerte verlockend, doch es war noch zu kalt zum Schwimmen, nicht aber für unsere unerschrockenen, abgehärteten Briten, die unsere ersten zahlenden Gäste sein sollten.

»Da sind sie!«

Mickey schaute vom Balkon durch das Fernglas auf Xristos *Caique*, die gerade um den Felsen bog. Ein Pärchen saß oben auf dem Bug und starrte hoch zum Jachtklub. Ali und Mickey eilten die Stufen hinunter, um sie unten an der Anlegestelle willkommen zu heißen. Ein untersetzter, sauber rasierter, hellhäutiger Mann Ende zwanzig sprang an Land und reichte seiner frischangetrauten Frau die Hände, um ihr aus dem Boot zu helfen. Sie hüpfte in seine Arme, und sie hingen gefährlich schwankend am äußersten Rand der Anlegestelle, bevor sie ihre Balance wiederfanden.

»Hallo, ihr müßt Frank und Eunice sein«, begrüßte Ali die beiden, als sie sich langsam aus ihrer Umarmung lösten.

»Ja, guten Tag, Mensch, was für eine Reise, arme Eunice, sie ist total fertig, stimmt's Liebling?«

Eunice errötete und wurde noch rosiger als ihr grell pinkfarbenes Kostüm. Mit riesigen, blauen Augen schaute sie ihren Gatten an und flüsterte atemlos: »Oh, Darling, das ist nicht so schlimm, wir haben zwei ganze Wochen zum Schlafen.« Xristos reichte die farblich aufeinander abgestimmten und mit Rollen versehenen Koffer vom Boot und bekam sein Geld für die Überfahrt. Dann führten Ali und Mickey sie über die steinige Straße hinauf. Frank mühte sich ab mit einem Koffer, dann ging er zurück, um den zweiten zu holen. Eunice hatte Schwierigkeiten, den Weg hinaufzusteigen, da sie unverhältnismäßig hohe Stöckelschuhe trug, mit denen sie ständig umknickte. Die Rollen des zweiten Koffers zerbrachen an einem besonders kantigen Stein.

Mickey führte sie zu ihrem Zimmer über der Küche, zeigte ihnen das Bad und wies darauf hin, daß das Toilettenpapier nicht in die Toilette geworfen werden dürfte.

»Wie kurios und rustikal...«, bemerkte Eunice. »Aber das macht uns nichts, wir sind schließlich in einem anderen Land. Dagegen in Rom...«

Ich hatte andere, weniger nachsichtige Gedanken auf meiner ersten Pauschalreise zu einer griechischen Insel gehabt, auf der letztendlich meine Schwärmerei für die Hellenen ihren Anfang nahm.

Auf dem Weg vom Flughafen zu unserem Apartment gab uns die Reisebegleiterin allgemeine Informationen über das Gebiet und sagte:»Und bitte achten Sie darauf, kein Toilettenpapier in die Toilette zu werfen.«

Dann fuhr sie fort und berichtete über die örtlichen Gewohnheiten.

»Gut, und was machen Sie mit dem Toilettenpapier - essen Sie es!«

Verwundert sah ich mich zu den anderen Fahrgästen um, die ebenfalls verwirrt dreinschauten.

Frank und Eunice gingen zu Bett. Sie standen nicht sehr häufig auf, außer zu den Mahlzeiten und zu gelegentlichen Spaziergängen zum Strand. Ali und Mickey verbrachten viel Zeit

Xristos' *Caique*

in der Küche und konnten das Quieken und Murmeln von oben hören. Dann, eines Tages nahmen die eindeutigen Lustgeräusche seismische Dimensionen an, und auf dem Höhepunkt angelangt, vermutlich beim Orgasmus, hörte man einen riesigen Krach und das Geräusch splitternden Holzes. Mickey und Ali wechselten bedeutungsvolle Blicke, schauten nach oben und fuhren fort, Gemüse zu putzen. Einige Minuten später klopfte Frank verschämt an die Tür.

»Na ja, entschuldigen Sie, es tut mir so leid - doch das Bett ist zusammengekracht. Ich weiß auch nicht, was ich sagen soll, es tut mir ja schrecklich leid...«

»Machen Sie sich keine Sorgen, wir werden es reparieren, es war sowieso nicht sehr stabil«, sagte Ali taktvoll, und sie erinnerte sich an Darrens Vorliebe für *Ouzo* und fragte sich, ob er die Dübel wohl richtig verleimt hatte.

Eunice war im Hintergrund zu hören, sie war immer noch so weiß wie am Tag der Ankunft.

»Vielleicht sollten wir heute besser zum Strand gehen, Darling«, schlug sie vor, »bis das Bett repariert ist.«

»Eine gute Idee, Sweetheart, das ist einmal etwas anderes, als den ganzen Tag im Bett zu ruhen.«

»Ruhe habt ihr doch bisher nicht gehabt!« bemerkte Ali, als sie zur Tür hinausgingen.

Sie und Mickey nahmen Hammer und Nägel und taten ihr Bestes, das Bett zu reparieren, bevor das lustbesessene Liebespaar vom Strand zurückkehrte.

Zur vereinbarten Zeit kam Jim mit dem reparierten Generator an Bord zurück. John und Angie warteten bereits, da sie einen Kurztrip zu den Ionischen Inseln machen wollten. Sie halfen, den reparierten Generator auszutauschen und nahmen ihren eigenen wieder mit zurück auf ihr Boot. In einigen Tagen sollte es losgehen. Doch sie wollten nach einer Woche nach Trizonia zurückkehren, es gefiel ihnen hier, und sie liebten es, in der Nähe des Jachtklubs zu sein und abends mit den anderen Besuchern zu plaudern. Bevor sie ablegten, erhielt Ali einen Brief vom Elektrizitätswerk. Man teilte ihr mit, daß die zehn Masten für die Stromleitungen zum gegenüberliegenden Festland angeliefert worden waren. Ein Rat wurde einberufen, zu dem auch John und Angie kamen.

»Schaut mal, wenn wir die Masten zur Insel bekämen, hätte das DEH keine Ausrede mehr, die Aufstellung der Masten und den Stromanschluß weiter hinauszuzögern«, sagte Jim und lauschte dem schluckaufähnlichen Geräusch des Generators.

»Ich sag dir was, mein Freund, wir haben zwei Jachten, laß uns die Masten vertäuen, wir holen sie herüber und lassen sie unten am Strand«, schlug John vor.

»Ich hatte genau die gleichen Gedanken«, sagte Jim, »wir brauchen eine Menge starker Seile.«

Die Familie, die die "Arion Bleu" für zwei Wochen gechartert hatte, wollte noch eine Woche an Land verbringen und hatte entsprechend gebucht. Die Familie Maddox bestand aus den Eltern Anne und James, mutigen Seglern mittleren Alters, aber irgendwie unbeholfen. Sie machten wohl zum letzten Mal Urlaub mit ihren heranwachsenden Kindern, Sohn und Tochter im Teenageralter. Kim und Charles waren, wie die meisten in ihrem Alter, wenig an ihrer Umgebung interessiert und hingen herum mit Walkman auf dem Kopf und maulten darüber, daß meilenweit keine Disco zu finden sei. Sie wurden gebeten, ihre Klamotten an Land zu holen, da sie jetzt hier schlafen sollten.

Jim und John lichteten die Anker und tuckerten aus der Bucht hinaus, um die riesigen, imprägnierten Holzmasten abzuholen. Sie wurden nach kanadischer Holzfällerart zusammengebunden und langsam durch das flache Wasser bis unterhalb der Taverne gezogen, dort an den sicheren Strand gerollt und an den naheliegenden Bäumen befestigt. Die Dorfbewohner hatten diese Aktion amüsiert verfolgt und bewunderten offensichtlich den Einfallsreichtum von Jim und John. Das lange Warten auf den Stromanschluß kannten sie, da Trizonia erst vor zehn Jahren Strom bekommen hatte.

Die Abfallbeseitigung war ein weiteres Problem auf der Insel. In unregelmäßigen Abständen holte Nico Triantafilo (Mr. Rose) den in schwarzen Plastiksäcken am Straßenrand abgelegten Müll mit seinem Traktor ab und brachte ihn zur Müllkippe, die eine halbe Meile entfernt auf der anderen Seite der Insel lag.

Da in der Taverne mehr Müll anfiel als in normalen Haushalten, spannte Ali oft die "Rocket" vor das klapprige Moped, lud den Wagen voll mit Plastiksäcken und leeren Flaschen und rumpelte den Weg hinunter. Heute wollte sie eine Müll-Tour machen, weil sie nicht nur die Familie Maddox, sondern noch zwei weitere Gäste erwartete.

»Ich habe am Strand in der Nähe der Anlegestelle Müll entdeckt«, teilte Mickey Ali mit.

»Blöde "Jachties", sie lassen ihren Müll einfach liegen und erwarten von uns, daß wir ihn dort wegräumen. So einfach geht das nicht, ich werde ein Schild aufstellen.« Ali fuhr mit ihrem Moped los und sammelte die herumliegenden Plastiktüten neben der Anlegestelle auf.

Einige Stunden später erschien Anne Maddox an der Küchentür.»Mickey, wir sind jetzt in den Zimmern, doch haben wir oder die Kinder anscheinend ein paar unserer Sachen verlegt.«

»Es tut mir leid Mrs. Maddox, ich weiß nicht, was sie meinen.«

»Die Kinder haben zwei Plastiktüten mit schmutziger Wäsche, die sie auf der Jacht getragen haben, in zwei schwarzen Plastiksäcken bei der Anlegestelle liegen lassen.«

»Ach wirklich, ich werde mit Ali darüber sprechen und werde

sehen, was passiert ist.«Mickey ahnte, was los war, aber sie mußte die mißlungene Säuberungsaktion erst mit Ali besprechen.

Ali war im Schuppen und beschriftete ein Schild mit roten Buchstaben: "BITTE HIER KEINEN MÜLL ABLADEN, SONDERN IM DORF, VON DORT WIRD ER ABGEFAHREN".

Das war nicht ganz richtig, denn da Mr. Rose den Müll nicht regelmäßig abfuhr, warfen die meisten Dorfbewohner ihren Müll ins Meer. Hühnerköpfe, Plastikflaschen, eiserne Bettgestelle, alte Stühle, Schuhe, alles wurde hineingeworfen, obwohl auf dem Dorfplatz ein Schild - allerdings in Griechisch - stand: "GESUNDHEIT BEDEUTET SAUBERKEIT, HALTET UNSER MEER SAUBER".

»Weißt du, was du getan hast, Ali? Du hast gerade Maddoxs Klamotten zur Müllkippe gefahren, die zwei Plastiksäcke an der Anlegestelle waren voll schmutziger Wäsche, und sie haben nicht mehr viel zum Anziehen nach der zweiwöchigen Segeltour.«

»Oh nein! Vielleicht hat Mr. Rose sie noch nicht abgeholt, ich laufe schnell hin und sehe nach, ob sie noch da sind.«

Sie eilte zur Müllabladestelle an der Ecke, aber ausnahmsweise hatte Mr. Rose seinen mühsamen, geruchsintensiven Job diesmal sehr früh erledigt. Nur einige Katzen waren da und fraßen die liegengebliebenen Lebensmittel.

Mrs. Maddox und Familie saßen auf dem Balkon, die Teenager schauten noch mürrischer, nachdem man ihnen ihre Dummheit vorgeworfen hatte, die Sachen einfach am Strand liegen zu lassen.

Ali näherte sich ihnen zögernd.»Es tut uns furchtbar leid, aber so viele Leute lassen Plastiktüten mit Müll einfach an der Anlegestelle liegen, darum haben wir gedacht, Ihre Tüten enthielten auch Müll. Ich befürchte, sie sind schon auf der Müllkippe.«

»Meine besten Jeans«, jammerte Kim.»Und was ist mit meinem T-Shirt mit dem Designeraufdruck und mit meinem Pullover?« maulte Charles.

»Ich schlage Ihnen einen Spaziergang zur Müllkippe vor. Es ist wirklich ein wunderschöner Teil der Insel, vielleicht finden Sie die Sachen dort bei dem Müll wieder«, sagte Ali mit einem bezaubernden Lächeln.

»Das ist eine gute Idee, wir sind seit Wochen nicht mehr gewandert. Kommt Leute, laßt uns gehen.«

Vater James schob die Kinder die Treppe hoch, und fünf Minuten später war die Familie startbereit. Sie waren mit langen Hosen, Segelstiefeln und wasserdichten Öljacken bekleidet. Nase und Mund waren durch Taschentücher geschützt.

»Vielleicht sollten Sie Stöcke mitnehmen, damit Sie im Abfall herumstochern können.«

Mickey holte vier stabile Bambusstöcke: »Viel Glück dann.«

»Heigh Ho, Heigh Ho, it's off to work we go«, sang James und führte die komische Expedition an. Die Teenager sangen allerdings nicht. Zwei Stunden später kamen sie zurück. James hielt in einer seiner schmutzigen Hände einen schwarzen Sokken.

»Kein Glück, ich befürchte, man hat die Kippe umgegraben, bevor wir kamen, denn der größte Teil war schon mit Erde bedeckt. Aber es war ein schöner Spaziergang.«

Ali bedauerte nochmals den Vorfall und schlug vor, den Verlust der Versicherung zu melden. Sie schrieben uns dann später, daß die Versicherung die Geschichte akzeptiert und gezahlt hätte. Ich nehme an, selbst eine Versicherungsgesellschaft kann nicht glauben, daß jemand solch eine Geschichte erfindet.

Nun verließen uns John und Angie mit ihrem Stahlrumpfboot und versprachen, in einer Woche zurück zu sein.

»Keine Angst, der Generator ist jetzt repariert«, sagte Ali nicht sehr zuversichtlich. »Alle Zimmer sind für eine Woche

vermietet, und heute erwarten wir zwei Engländerinnen.«
»Wir wünschen euch viel Spaß, bis in einer Woche!«
Yannis sollte die englischen Damen am Flughafen abholen
und bis elf Uhr vormittags am Festland sein. Als um vier Uhr
nachmittags immer noch nichts von ihnen zu sehen war, rief
Ali Yannis in der *Ouzerie* an und schrie ihn an, als er sich am
Telefon meldete.
»Yannis, was ist passiert, wo sind die Frauen?«
»Morgen hole ich die Engländerinnen.«
»Nein Yannis, es war heute!«
Ali verfluchte sich und Yannis, weil sie sich nicht genau ab-
gesprochen hatten. Doch sie stellte fest, daß sie einen aus-
sichtslosen Kampf mit seiner *Ouzo*-Flasche führte und beschloß, demnächst die Dienste des nüchternen Ileas in Anspruch zu nehmen.
Auf dem Weg zurück zur "Dell Quay Dory" erblickte Ali zwei
gut gekleidete ältere Damen, die ihre Koffer hinter sich herzogen. Es waren offensichtlich Engländerinnen. Sie wirkten
ziemlich zerzaust und staubig, und Ali ging auf sie zu und
fragte, ob sie Mrs. Taylor und Mrs. Fortescue seien...
»Das waren wir, als wir England verließen«, antwortete die
kleinere, kräftigere Frau mit getöntem, blondem Haar.»Aber
das war vor so langer Zeit, so daß ich möglicherweise inzwischen eine andere Identität angenommen habe!«
Sie erklärten Alison, wie sie nach Trizonia gereist waren,
nachdem Yannis nicht erschienen war: per Bus, Taxi, Bus,
Fähre und dann noch per Anhalter bis zur Anlegestelle. Diese beiden matronenhaft wirkenden Damen hatten Mumm, wußten sich zu helfen und waren mit einem erquickenden Sinn für
Humor gesegnet. Alisons Entschuldigungen wurden wegge-
fegt, als sie ihr Abenteuer erzählten und sich über ihren Start
in die griechischen Ferien amüsierten. Zwei Tage lang brachte
die Anwesenheit von Dixie Taylor und Annie Fortescue Fröh-
lichkeit und Ausgelassenheit in die Taverne. Selbst die

Maddoxs, die stundenlang auf dem Balkon hockten und nichts taten, fühlten sich ermuntert, sich zu bewegen; die Teenager nahmen den Walkman vom Kopf und gingen schwimmen und wandern. An den Abenden wurde "Trivial Pursuit" gespielt, Dixie und Annie kippten dabei viele starke Martinis in sich hinein. Sie sahen nie die Sonne über den Bergen aufgehen, standen immer spät auf, und zu ihrem Brunch bestellten sie schon einige Bloody Marys!

Am dritten Tag nach ihrer Ankunft geschah es. Mickey bereitete gerade das Frühstück vor, als Annie ihren Kopf in die Tür steckte. Sie hatte ein Handtuch um ihren Hals gelegt, und ihr Haar war voller Shampoo.

»Mickey, Liebes, es scheint kein Wasser da zu sein, um mir meine Haare abzuspülen.«

»Oh Annie, entschuldige, ich habe vergessen, den Generator heute morgen anzuschalten, um das Wasser hochzupumpen, warte eine Minute.«

Mickey kletterte den Abhang hinauf, um den Generator zu starten. Sie zog die Startschnur, doch es geschah nichts. Sie überprüfte Öl und Benzin und versuchte es noch einmal, aber die Maschine bewegte sich nicht. Dann kam Ali und versuchte es auch, ohne Erfolg. Sie riefen vom Balkon aus Jim, der auf dem Schiff war. Er kam sofort herbei und überprüfte alle Schrauben, aber der "reparierte" Generator wollte nicht anspringen. Auch James Maddox, ein von sich überzeugter Bastler, hatte keinen Erfolg.

Annie saß inzwischen auf dem Balkon bei einem großen Glas Bloody Mary, während Dixie Fotos von ihr mit den angeklatschten Haaren machte. Ali, Jim und Mickey hielten im Wohnzimmer hinter geschlossenen Türen eine Krisensitzung ab.

»Du weißt, was das bedeutet? Wieder kein Wasser, keine Toilette, keine Kühlschränke«, Ali schlug mit dem Kissen auf ihr Bett,»Mist, Mist, Mist!«

»Wir müssen sie umquartieren ins Hotel, rufe Liz an und frage, ob sie ihnen für die Unannehmlichkeiten etwas zurückerstattet und ob Liz und Arthur für die gebuchte Zeit die Hotelkosten übernehmen.«

»Es ist das einzige, was wir jetzt machen können, sie mußten schon so viel in Kauf nehmen. Gott sei Dank ist das nicht passiert, als die Honeymooner hier waren! Ich werde es ihnen sagen. Würdest du bitte Mum anrufen, Jim, sie muß "Ja" sagen.«

Die zahlenden Gäste versammelten sich draußen. Dixie und Annie kicherten ausgelassen, und Ali bot der ganzen Runde freie Getränke an. Dann erzählte sie von ihrem Plan.

»Wir bedauern es so sehr, aber wir sind sicher, daß ihr euch in dem Hotel wohlfühlen werdet. Es ist sehr modern, mit Strom und fließendem Wasser. Wir müssen natürlich überprüfen, ob noch Zimmer frei sind, aber normalerweise ist es zu dieser Jahreszeit noch nicht ausgebucht.«

»Ich glaube nicht, daß wir wechseln möchten«, sagte Dixie, »ich fühle mich hier wirklich wie zu Hause. Wir können alle Seewasser hochholen für die Toiletten und im Meer schwimmen und uns dort waschen. Wir können im Dorf essen, oder du kannst bei Kerzenlicht kochen.«

»Aber Dixie, du wirst kein Eis für deine Martinis haben«, entgegnete Mickey.

»Gut, dann werde ich statt dessen *Ouzo* trinken.«

»Nun gut«, rief Annie, »aber kann ich ins Hotel gehen, um meine Haare abzuspülen?« Sie ließen sich von ihrer Entscheidung nicht abbringen.

Die Maddoxs wollten allerdings umzuziehen, vor allem Kim, die jeden Tag ihr Haar wusch.

»Und laßt keine schmutzige Wäsche in schwarzen Plastiksäcken herumliegen«, rief Annie und ging hoch, um ein paar Sachen zu packen.

Jim rief mich an und gab mir die Kosten für die Hotelzimmer durch, die er auf dem Weg zum Dorf schon erfragt hatte. Ich willigte ein, dachte dabei aber mit Schrecken an unseren hohen Überziehungskredit bei weiteren Problemen mit dem Generator. Wie konnte sich die Taverne so jemals bezahlt machen?

»Jim, kauf einen neuen Generator, wenn es sein muß.«

»Nein Liz, John und Angie werden uns ihren für wenigstens zwei Monate leihen, wenn sie zurück sind, aber wir müssen dann schnellstens den Stromanschluß bekommen.«

»O.K., ich werde sehen, was ich tun kann. Tschüß dann, richte Ali aus, daß sie mich nächste Woche wie gewöhnlich anrufen soll.«

Die Maddoxs wurden im Hotel untergebracht, aber nicht bevor sie mitgeholfen hatten, Meerwasser in Eimern hochzutragen, als Reserve für die Toilettenspülung. Angie und Dixie gingen zum Duschen ins Hotel und bestellten dort ihre letzten Martinis mit Eis. Ali packte wieder die Gefriertruhe aus und brachte die gefrorenen Lebensmittel zu Thanassis.

»Habt ihr Probleme?«, fragte er.

»Oh, nichts Ernsthaftes, nur eine Winzigkeit!« Ali biß sich auf die Zähne, als sie den Suzuki-Techniker anrief, um ihn zur Schnecke zu machen.

Die restlichen Tage verbrachten Dixie und Annie mit einem selbstorganisierten Wasserholplan, mit Schwimmen, Trinken und vielen einfallsreichen Ideen, um einen Ausgleich für den Mangel an Wasser und Strom zu haben.

An ihrem letzten Abend sagte Dixie: »Weißt du Ali, ihr solltet hieraus ein Fitness-Kurcenter machen. Es war für uns sehr anregend, und wir haben einige Kilo verloren.«

»Na ja, Dixie, das ist eine großartige Idee, aber ich arbeite hier, um meinen Gästen perfekte Ferien zu bieten, aber vielleicht sollten wir auf dieser Insel unsere Strategie ändern ...vielleicht hast du ja recht.«

Beladenes Auto

KAPITEL 9

EINE ODYSSEE

Im Juni verkaufte ich mein Haus, zwar nicht zum erwarteten Preis, aber das Geld reichte für eine Anlage in einem Fond. Mit den Zinsen und meiner Witwenrente dachte ich, gut in Griechenland leben zu können. Ich zahlte Simon das mir geliehene Geld zurück, er selbst hatte inzwischen in London ein kleines Reihenhaus gefunden, in dem er wohnen wollte. Ein Raum war mir zugedacht, um dort einige meiner Besitztümer unterzubringen. Außerdem hatte ich eine Bleibe, wenn ich zu Weihnachten und zu den Krankenhausuntersuchungen zurückkam. Alles ging sehr schnell. Als ich mich aber von meinen antiken Möbeln trennen mußte, die ich in vielen Jahre angeschafft hatte, fühlte ich, daß ich einen Teil meines Lebens verlieren würde. Jedes Stück hatte eine persönliche Bedeutung für mich. Ich konnte mich daran erinnern, wann und wo ich es gekauft hatte, wie die Möbel mit mir umgezogen waren, und an welcher Stelle und in welchem Raum sie gestanden hatten.

Ich hatte meine Psychotherapie als Psychodrama fortgesetzt. Die vierzehntägige Gruppe wurde von dem brillanten Direktor und der hübschen Jinnie Jefferies geleitet. Jinnie war meine Freundin geworden. Ich wußte zu dem Zeitpunkt noch nicht, daß auch sie dabei war, sich in Griechenland niederzulassen. In der letzten Psychodrama-Sitzung vor meiner Abfahrt brachte Jinnie meine Ängste und Befürchtungen, weil ich England verließ, aus mir heraus.

Im Psychodrama benutzt man die Gruppe, um seine Probleme darzustellen, so daß am Ende dieses Spiels die Catharsis, das Abreagieren, steht. Dies hilft dem Protagonisten, Antworten oder Ursachen für seine Probleme zu finden. Jedes Mitglied der Gruppe stellte eines meiner kostbaren Möbelstücke da. Es klingt absurd, doch es funktionierte. Ich konnte mich von meinem Himmelbett verabschieden, von der Uhr meines Großvaters, von meinem Sheraton Tisch und meinen viktorianischen Stühlen. Ich sagte ihnen, wie sehr ich sie gemocht hatte, wertete ihre ästhetischen Qualitäten und betonte, wie sehr sie in der mediterranen Sonne leiden würden. So konnte ich mich von ihnen trennen. Als der Händler kam, um sie abzuholen, wünschte ich ihnen ein glückliches neues Zuhause. Sie hätten nicht in das Haus in Griechenland gepaßt, wo man die meiste Zeit im Freien verbringt. Nicht, daß die Griechen keinen Wert auf ihre Häuser legen, die Frauen verbringen einen großen Teil des Tages mit Putzen und Saubermachen.

Ich erinnere mich daran, daß ich einmal ein abseits gelegenes Dorf erkundete, und eine Bauersfrau mich fragte, ob ich einen Kaffee trinken wollte. Wir waren im Innenhof, sie verscheuchte die Hühner, nahm dann einen Besen, um den Hühnerdreck zur Seite zu fegen. Als sie sicher war, daß ich mir nicht mehr die Schuhe schmutzig machen konnte, holte sie als Sitzgelegenheit eine rote Kunststoff-Bierkiste und eine riesige Olivenöldose, die als Tisch diente. Beschränkung auf das Elementare, das würde ich jetzt anstreben... Aber nicht ohne Elektrizität!

Ich schrieb an meinen europäischen Labour-Abgeordneten und wies auf die Probleme hin, die wir mit dem Elektrizitätsanschluß hatten. Griechenland war ja schließlich im Gemeinsamen Markt. Ich betonte, daß ich einen großen Betrag hinterlegt hatte, aber daß das Elektrizitätsunternehmen die Sache immer wieder hinauszögerte und unser Geschäft darunter sehr litt. Wir gehörten zur Tourismus-Branche, einer der wesentlichen Wirtschaftsfaktoren Griechenlands. Ich erhielt ein höfliches Antwortschreiben, in dem man mir mitteilte, daß man Verständnis hätte und meinen Brief an die entsprechende Abteilung der Britischen Botschaft in Athen weitergeleitet hätte, diese würde intervenieren.

Ali hatte mir telefonisch mitgeteilt, daß sie nun wieder den Generator von John und Angie hätten und jetzt noch keinen neuen kaufen wollten. Sie hatten den einzigen Mann, der auf der Insel Erdarbeiten ausführte, bestochen, damit er die Löcher für die Masten aushob.

Der Mann kam gern auf ein Bier zu uns und sprach mit unserem Plüschpapagei, der in der Bar hing und einen winzigen Rekorder im Fußteil hatte. Da der Papagei immer die ersten sechs Worte eines Satzes wiederholte, strahlte der Mann vor Begeisterung, wenn er seine Stimme hörte. Wenn wir großes Glück hätten, meinte Ali, könnten wir in diesem Monat den Stromanschluß bekommen.

Ich brauchte in Griechenland ein Auto, damit Ali für die Taverne einkaufen konnte. Außerdem wollte ich unabhängig sein und in Griechenland reisen können. Ich fand genau das, was ich mir vorgestellt hatte, einen Fiat Panda 1000 mit Linkslenkung. Rechtslenkung wäre nachteilig bei dem lebhaften Verkehr in Griechenland.

Arthur und ich fuhren nach Gloucester, um uns den Wagen dort anzusehen. Er gehörte einem Paar, das in Frankreich gelebt und den Panda dort gekauft hatte. Doch nun wollten sie ein Fahrzeug mit Rechtslenkung. Da stand er: strahlend weiß, nur dreißigtausend Kilometer auf dem Tacho, mit TÜV- Zertifikat und den letzten Inspektionsbelegen. Der Rücksitz war herunterklappbar, so konnten sperrige Einkäufe transportiert werden - er war also ideal für mich.

»Das ist Odysseus«, sagte Arthur.

Wir hatten in unserer Familie den Autos immer Namen gegeben. Als ich den ersten Morris Minor kaufte, hatten die Kinder ihn "Wee Willie, Winkie" genannt.

»Wir werden viele Reisen innerhalb und außerhalb von Griechenland mit ihm unternehmen.«

»Das ist eine gute Idee«, sagte Arthur.

»Ja, nicht wahr.«

»Nein, nicht nur der Name des Autos, ...wir könnten in unser Charterangebot mit der "Arion Bleu" die Reiseroute des Odysseus aufnehmen...«

»Arthur, wir würden nur weitere Kosten mit einer Ergänzung unseres Angebots haben, bis jetzt verdienen wir mit dem Chartergeschäft und dem Jachtklub noch kein Geld!«

Ich zahlte für Odysseus zweitausend Pfund, und bevor ich abreiste, ließ ich mir zwei Schiebedächer und ein Radio mit Kassettendeck einbauen, um auf meinen zukünftigen Reisen Unterhaltung zu haben.

Wir hatten die Autofähre von Ramsgate nach Dünkirchen für Mitte Juni gebucht. Arthur plante die Route akribisch, er machte es gern, da es ihn an die Planung einer Tour mit der "Arion Bleu" erinnerte. Wir wollten zügig durch Europa fahren und in zweieinhalb Tagen in Ancona, Italien, ankommen.

Ich verabschiedete mich von meinen Sozialarbeiterkollegen und meinen Klienten, wobei mir das letztere besonders schwer fiel. Viele von ihnen fühlten sich aufgegeben und hatten Angst. Auch nahmen sie mir übel, daß ich ein anderes Leben beginnen wollte, ohne das Elend, mit dem sie sich konfrontiert sahen. Aber sie gaben eine Party und überreichten mir einen riesigen Blumenstrauß, einen teuren Füller und eine große Karte, auf der alle unterschrieben hatten, mit Kommentaren wie:»Viel Glück, altes Haus«,»Viel Glück und freu dich, daß du uns los bist«,»Vergiß uns nicht«, und eine besonders bewegende Bemerkung:»An die beste Sozialarbeiterin, die ich jemals hatte, ich werde keine andere mehr brauchen!«

Meine Tränen flossen, als ich ihre verlegenen Gesichter sah. Sie hatten mir über die Jahre hinweg soviel gegeben. Sie wollte ich nicht verlassen, sondern das System, das die Alleinerziehenden als "unangepaßte Schmarotzer" bezeichnete.

Vielleicht konnte mein Beispiel ihnen zeigen, daß auch eine alleinerziehende Mutter sich von den unvermeidbar erscheinenden Begleitumständen befreien und eine neue Zukunft finden kann...

»Wir werden kommen und dich besuchen, wenn die Großeltern nach den Kindern sehen«, »Ta Ra«, riefen sie vor der Tür und winkten, pfiffen und sangen »For she's a jolly good fellow«. Ich konnte nicht zurückschauen, da ich mich selbst dort stehen sah - vor zwanzig Jahren.

Ich versuchte, positiv zu denken und umarmte und küßte Fiona und Simon, die mit Arthur auf der Straße neben dem vollbeladenen Odysseus standen. Fionas freches, kleines Gesicht kämpfte mit den Tränen. Sie fühlte sich wieder verlassen - zuerst ihr Vater und jetzt ihre Mutter.

»Darling, du bist ein großes Mädchen, und du kannst immer mit Steve in den Ferien herüberkommen.«

»Das ist nicht das Gleiche«, prustete sie heraus, »ich kann dich nicht sehen, wenn ich möchte, oder dich nicht anrufen, du hast ja kein Telefon.«

»Aber ich schreibe dir doch, und Weihnachten komme ich wieder.«

Simon wollte im August für einen Monat kommen, bevor er an der Universität anfing.

»Gute Reise, Mum. Arthur, nimm's leicht... Du cooler Typ.«

Als wir losfuhren, sah ich, wie Simon seinen Arm beschützend um seine Schwester legte.

»Sie werden es schon schaffen«, versicherte mir Arthur, als er in die Außenspiegel sah. Im Rückspiegel konnten wir nichts sehen, da das Gepäck die Sicht versperrte.

»Die Kinder sind zäh, außerdem ziehst du nicht nach Timbuktu.«

Aber so fühlte ich mich, als die mir vertraute englische Landschaft mit wogenden Feldern und unterschiedlich grünen Bäumen an mir vorbeizog. Wir fuhren durch die flache Landschaft Frankreichs und Belgiens, über die endlosen Autobahnen in Deutschland und machten für eine Nacht Halt in einem Hotel in Freiburg. Weiter ging es durch die gewaltigen Berge der Schweiz, durch den Mont Blanc Tunnel, bis wir Italien erreichten und endlich die Sonne schien! Wir tuckerten über die Autobahn, die Ferraris brausten vorbei und ließen Odysseus in ihrer Auspuffspur hinter sich. Dann erreichten wir endlich Ancona für die Nachtfähre.

Unser Gepäck bestand aus meinem Apothekenschränkchen sowie aus einem neugekauften Fernseher, Radio und Kassettenrecorder. Auf dem Autodach hatten wir eine Harke und eine Hacke, da ich diese Gartengeräte nirgends in Griechenland gesehen hatte, nur Spitzhacken und Schaufeln.

Arthur und ich hielten an einem italienischen Delikatessenladen, um uns mit italienischem Käse einzudecken. Wir wikkelten den Käse in Folie und legten ihn hinten in den Wagen. Als wir vor der Fähre warteten, kamen wir mit einem deutschen Paar ins Gespräch. Sie waren mit dem Motorrad unterwegs und betrachteten unsere Ladung mit Interesse.

»Sind Sie Archäologen?« fragte mich der Mann.

»Meine Güte, wie kommen Sie darauf?«

»Na, weil Sie Geräte für Ausgrabungen dabei haben.«

Wenn er schon zu dieser falschen Schlußfolgerung gekommen war, was würde der griechische Zoll dann sagen? Wir wollten nicht bereits bei der Einreise den Anschein erwekken, als hätten wir es auf ihre kostbaren Antiquitäten abgesehen. Also wickelten wir die Geräte in Zeitungspapier ein und dankten den Deutschen überschwenglich.

Nach einer ruhigen, vierundzwanzigstündigen Überfahrt über Korfu kamen wir in Patras an. Beim Einlaufen in den Hafen gibt es nichts Besonderes zu sehen, aber ich war aufgeregt.

Zwei Meilen westlich von Patras sah ich die Umrisse des kargen, konisch zulaufenden Berges, der sich über Messolongia erhebt. Dort starb unser berühmter Landsmann Lord Byron im Kampf um Unabhängigkeit gegen die Türken. Byron wird in ganz Griechenland verehrt, und Straßen, Statuen, Hotels und Plätze tragen seinen Namen.

Am Zoll sagte Arthur zu mir:»Schau nicht so verdächtig.«

»Wie kann ich mein Aussehen verändern?«

»Das einzige Mal, das ich je beim Zoll angehalten wurde, war, als du dabei warst, nimm deine Sonnenbrille ab und lächele.«

Ein Zollbeamter kam zu uns herüber, verlangte unsere Pässe, Fahrzeugpapiere und schaute in den überladenen Odysseus.

»Öffnen«, ordnete er an.

In Gedanken verlor ich schon all meine Elektrogeräte. Ich öffnete die Heckklappe - der Zollbeamte wich zurück und hielt sich die Nase zu.

»*Panagia mou*!«

Der italienische Käse hatte während der Überfahrt einen strengen Geruch angenommen. Der Gorgonzola und der Dolce Latte flossen dahin und strömten einen Duft aus, der ihn zurückweichen ließ. Er winkte uns durch den Zoll und wirkte erleichtert, als ich die Heckklappe schloß.

Mit einem Fuß auf dem Gaspedal sauste Arthur durch die Hafentore in die Anonymität des brodelnden Verkehrs.

»Wir haben es geschafft! Wir sind auf griechischem Boden.«

Es gab kein Zurück, und Odysseus sauste mit Begeisterung dahin - als ob er wüßte, daß er zu Hause angekommen war.

KAPITEL 10

DIE EINFACHSTE HERBERGE
WIRD ZUM PALAST...

Der Blick auf Trizonia mit seinen mir jetzt vertrauten drei grünen Hügeln, die aus dem ruhigen, blauen Meer herausragten, und die warmen Sonnenstrahlen, die mir ins Gesicht schienen, zerstreuten alle ambivalenten Gefühle.

Wir ließen den beladenen Odysseus - ohne Käse - auf dem Festland an der Anlegestelle zurück und winkten ein Wassertaxi heran.

Xristos reichte uns die Hand »*Tikaneis*? Willkommen.«

»Wir sind müde, aber es geht uns gut, doch wir riechen etwas unangenehm«, sagte Arthur, den Käse in der Hand.

»Xristos, ich möchte zuerst ins Dorf fahren, dann hinüber zum Haus, weil ich Fiona und Simon anrufen möchte, um ihnen zu sagen, daß wir gut angekommen sind.«

»O.K., *Leez*, kein Problem.«

Das Dorf hatte sich nicht verändert, es gab keine Anzeichen irgendwelcher Aktivitäten. Ein paar alte Männer saßen in der Taverne, klimperten mit ihren Rosenkränzen und unterhielten sich über die Tische hinweg. Babba Jannis winkte. Als ich dann zu Thanassis Minimarkt hinüberging, erhoben sich die Alten, Kosta, Thanos und Babbis, um mich zu begrüßen: »Bravo *Kiria Leez*.«

Das war ungewöhnlich, einfach aufzustehen und einer Ausländerin die Hand zu schütteln. Normalerweise bestand der Gruß aus einem Nicken oder einem »*Yeia sou*«, egal ob man drei Monate oder eine Woche fort war.

Dann kam Papa Xristos aus der Taverne und ergriff meine beiden Hände.

»Bravo Madam.«

Yeia mas! - Drei Kapitäne am Tisch

Ich rief Simon an und bat ihn, auch Fiona auszurichten, daß wir gut angekommen waren.

»Gut gemacht *Leez*, ich freue mich, dich zu sehen«, sagte Thanassis und legte das Telefongeld in die Schublade.

Nun erschienen Ileas und Aspassia und küßten mich auf beide Wangen. Es wurden mir weitere »Bravos« zugerufen.

Als ich zurück auf das Boot kletterte, fragte ich Xristos: »Warum all die "Bravos", ich bin nie zuvor so begrüßt worden?«

»Das ist ein Geheimnis«, grinste er, »aber du wirst es bald erfahren.«

Als wir um den Leuchtturm herum in die zweite Bucht fuhren, bemerkte ich, daß irgend etwas in der Landschaft sich verändert hatte. Auf der gesamtem Straße standen Strommasten! Der letzte reichte bis in meinen Garten. Und zwischen den Masten liefen die Stromkabel bis zum Haus!

»Arthur, schau, wir haben Strom, endlich Elektrizität!«

»Eine Überraschung, nicht wahr«, Xristos lächelte. »Jetzt weißt du, warum dir jeder im Dorf gratuliert hat. Ali hat ihnen erzählt, daß du an den Europarat geschrieben und dein Ziel erreicht hast, ohne Schmiergelder zu zahlen. Jeder weiß das. Vielleicht wirst du die nächste Bürgermeisterin von Trizonia.«

Alison lief an der Anlegestelle auf und ab, braun gebrannt, und ihre nicht zu bändigenden, hellblonden Haare lugten unter ihrem Sonnenhut hervor.

»Hi, Mum, hast du es gesehen? Wir haben Strom.«

»Wann geschah das Wunder?«

»Erst vor zwei Tagen, nachdem du England verlassen hattest. Der Boden wurde gesprengt, und in zwei Tagen war alles fertig. Welche Wonne, einfach den Schalter umzudrehen und zu wissen, das Licht geht an. Keine verdammten Generatoren mehr, nicht mehr dieses Geräusch, es ist unglaublich, kluge Mum«, sie umarmte mich und wandte sich Arthur zu.

»Hi Arthur - gib mir einen Kuß - iih! Was ist das für ein Geruch, entschuldige.«

»Das, Alison, ist unser Reisepaß in die Freiheit«, er hielt ihr den Käsebeutel unter die Nase.

»Ich hoffe, ihr eßt ihn bald, sonst läuft er weg.«

Am Abend wehte ein laues Lüftchen; wir saßen auf dem Balkon und tauschten Neuigkeiten aus. Um uns herum Lichter so hell wie die im Dorf.

»Wir haben gehört, daß Jim zwei kleine Katzen gerettet hat, deren Mutter überfahren wurde. Sie sind nun bei ihm auf dem Schiff bis zum nächsten Charter.«

»Sie könnten gut die Mäuse aus der Taverne fernzuhalten.«

»Ich kann Katzen nicht ausstehen«, sagten Ali und ich gleichzeitig, »außerdem haben wir "Kebab".«

»Du kannst keine griechische Taverne ohne eine Horde von Katzen führen - die Leute erwarten das.«

»Mickey, wie geht's dir?«

»Mir geht's gut, Lizzie.« Sie sah mich strahlend an, doch ich bemerkte den vielsagenden Blick, den sie Alison zuwarf, als wollte sie sagen: »Soll ich es erzählen?«

»Gut Mum, wir wollten es dir eigentlich nicht gleich am ersten Abend erzählen...«

»Was erzählen? Ein weiteres Drama mit dem Haus?«

»Nein, es ist nur, daß...«, Mickey atmete tief durch, »ich möchte fort..., aber eigentlich will ich es auch wieder nicht.«

»Entschuldigt, ihr Lieben, jetzt verstehe ich gar nichts mehr, erzählt es mir bitte genau.«

Es stellte sich heraus, daß sich Mickey in einen Griechen kanadischer Herkunft verliebt hatte, der mit seiner Jacht zwei Wochen auf Trizonia war. Er hatte Mickey eine kostenlose Reise von England nach Kanada angeboten, in zwei Wochen.

»Weißt du, jemanden wie ihn habe ich jahrelang gesucht. Er arbeitet auch im Graphikgeschäft, kann mir Arbeit beschaffen, so daß ich eventuell meine Green Card bekomme und nach New York gehen kann.« Mickey ließ ihre Gefühle heraus. »Ich dachte, daß es dir nichts ausmacht, Ali in der Taverne zu helfen, bis sie jemand anderen gefunden hat. Ich will euch nicht einfach hängen lassen, aber ich möchte mit Tinos fahren.«

»Mickey, wenn es dir so wichtig ist, werde ich natürlich helfen.«

Aber dabei schaute ich Ali an, die mit schmalen Lippen dasaß und dachte: »Hoffentlich geht das gut.«

Wir liebten uns sehr, aber mit ihrem Hang zum Perfektionismus und meinem "Laissez-faire" könnten Schwierigkeiten entstehen.

»Wir werden es morgen noch einmal genau besprechen. Eine Sache möchte ich jedenfalls nicht mehr - ich möchte nicht kochen müssen, das Servieren ist O.K.«

Ich hatte mein Leben lang für meine Familie gekocht und wollte jetzt nicht auch noch für die Hälfte der britischen Flotte kochen müssen.

»Mir macht es nichts aus, ein paar Crêpes Suzettes oder gebratene Bananen zuzubereiten«, schlug Arthur vor, der eine Schwäche für Süßspeisen hatte.

»Auf keinen Fall«, sagte Ali, »in meiner Küche ist kein Platz für zwei Chefs, du kannst helfen und die Drinks servieren. Aber du bist nur für zwei Wochen hier, darum müssen wir uns überlegen, wie es laufen soll, wenn du nicht mehr da bist.«

Arthur bestellte einen weiteren Drambuie (Likör). »Ich versuche nur zu helfen.«

»In der Tat, Arthur, du könntest mir helfen, die Stromverteilung zu erneuern«, sagte Jim, »jetzt haben wir Elektrizität und müssen das Leitungsnetz ändern, da die Spannungsabsicherung nicht ausreicht.«

»Erzähl weiter«, Arthur und Jim hockten zusammen und beugten ihre Köpfe über die Papiere. Arthur war sofort in mathematische Kalkulationen vertieft.

Ich ging zu Bett und nahm das Klappern des Geschirrs und die Stimmen der Gäste nicht mehr wahr. Das einzige Geräusch, das ich vor dem Einschlafen noch hörte, war das Zirpen der Zikaden.

Ich erwachte früh und lief leise auf den Balkon, um den riesigen, gelben Sonnenball über den Bergen aufgehen zu sehen. Es war heiß, und das um neun Uhr morgens. In der Bucht lagen ungefähr zehn Jachten vor Anker. Es war windstill und das Wasser spiegelglatt. Diesen wunderbaren Anblick sollte ich von nun an jeden Morgen genießen können.

Mickeys letzte Woche, die auch meine letzte Urlaubswoche war, verging schnell. Ich traf Angie und John, die unterhalb der Taverne angelegt hatten. Ihre nette und großzügige Art begeisterte mich, sie gehörten inzwischen schon dazu.

Eines Nachmittags nahmen sie uns mit zu einem Barbeque auf der anderen Seite der Insel. John kam nicht darüber hinweg, daß der letzte englische Gast in seinem Pyjama schwimmen ging.

»Blöde Pommies, was für eine Art, als nächstes setzt er noch seine Melone auf.«

»John, er ist sehr hellhäutig, das ist wahrscheinlich der Grund«, flüsterte Angie und wendete die brutzelnden Schweinekoteletts über dem Holzkohlefeuer.

»Gut, warum bleibt er dann nicht im Bett?«

Ich holte meine Besitztümer hinüber ins Haus, das Apothekenschränkchen hängte ich an die Wand und füllte es mit Kosmetik, Erste-Hilfe-Artikeln und homöopathischen Pillen. Der Fernseher und das Videogerät wirkten in meinem spartanischen, typisch griechischen Zimmer etwas deplaziert. Ich hängte einige Bilder von England über den Tisch, Sue hatte drei unterschiedliche Fotos englischer Landschaften gemacht und sie zu einer Fotomontage zusammengestellt mit der Aufschrift "England". Ich stellte mein Lieblingsfoto von Fiona und Simon in das Regal und hängte das Moskitonetz über mein Bett. Das Zimmer war im Sommer mein Wohnraum. Das übrige Hause mußte ich mit den Gästen und den ständig wechselnden Besuchern teilen.

Als Ali Mickey ins Dorf brachte, die dann mit dem Bus nach Athen fuhr, um ihren geliebten Tinos zu treffen, war ich zum ersten Mal allein verantwortlich für die Taverne.
Ali hatte mir den Arbeitsablauf in der Taverne erklärt. Ich sollte die Gäste zuerst fragen, ob sie etwas trinken möchten, dann den Drink servieren, die Bestellung für das Essen aufnehmen und alles auf einem Block mit Kopie notieren. Die Bestellungen mußten fortlaufend numeriert werden. Ali befestigte sie an Nägeln über ihrer Zubereitungstheke. Danach sollte ich das Geschirr in den alten, undichten Geschirrspüler stecken. Außerdem wurde ich daran erinnert, immer freundlich zu sein.
Ich war bereit, um sieben Uhr abends zu öffnen. Meine einzigen Gäste während der erste Stunde waren Arthur, Jim, John und Angie. Sie tranken Bier, ich konnte sie also problemlos bedienen.
»Wo sind deine Schürze und Kappe, Liz?« scherzte Arthur, als er auf meine kurzen Shorts und die Latschen blickte.
»Es ist verdammt heiß in der Küche, ich trage nicht mehr als nötig«, entgegnete ich und schaute schnell auf meine Armbanduhr, es war acht Uhr. Alison war noch nicht zurück.
Dann kam ein französisches Paar. Ich nahm ihre Getränkebestellung auf und reichte ihnen die Menükarte. Dabei betete ich, daß sie nur Vorspeisen und Salat wählen würden.
»Dort ist sie«, Jim zeigte vom Balkon aus auf Ali, die mit zwei weiteren Personen auf der "Dory" herübergetuckert kam. Mit rotem Gesicht kam sie zur Tür herein.

»Ihr Lieben entschuldigt, aber ratet mal, wen ich auf der Überfahrt getroffen habe - David und Claire«, sie stellte mir einen schlanken, attraktiven Kanadier und seine hübsche niederländische Freundin vor, beide braungebrannt.

»Wir haben ihre Tochter auf einen *Ouzo* an Bord gelockt«, sagte David schleppend, »aber als Ali und "Duchess" einmal zusammensaßen, waren sie nicht mehr zu halten, und es wurde eine richtige Session!«

»Gut, jetzt ist sie ja hier«, mit ihrem entwaffnenden und hübschen Lächeln nahm Claire draußen Platz.

»Jawohl, aber in welchem Zustand«, dachte ich, als ich Ali in der Küche herumpoltern hörte.

Der Franzose und seine Frau wollten bestellen, und ich notierte sorgfältig "1 *Tsatziki*, 1 Chili con Carne, 2 Kebab mit gebackenen Kartoffeln". Sie bestellten Wein in der Karaffe. Ich gab Ali die Bestellung in die Küche. Sie war ziemlich betrunken, wollte es aber nicht zeigen.

»Gut, dann wollen wir mal«, sie heftete den Zettel an den Nagel und starrte ihn an. »Du machst *Tsatziki* und ich Chili con Carne.«

Ich servierte Wein und bereitete den Brotkorb und *Tsatziki* vor. Als ich in die Küche zurückkam, stand Ali am Gasherd und streute großzügig Chili-Pulver in den Topf.

»Vorsicht mit dem Chili«, mahnte ich.

»Ach, sei ruhig«, antwortete sie einfach.

Ich brachte den Franzosen mehr Brot, weil ich befürchtete, sie könnten verhungern, so wie die Dinge in der Küche aussahen. Dann nahm ich von David und Claire die Bestellung entgegen. Sie hatten sich zu Arthur und den anderen gesellt.

Die Schiffsglocke ertönte aus der Küche, und ich servierte den Gästen das dampfende Chili-Gericht.

»Merci, was für eine hübsche Präsentation, so etwas haben wir vorher noch nie in Griechenland gesehen.«

»Vielen Dank und Bon Appetit«, sagte ich unterwürfig.

Der Geruch von gebratenem Kebab drang aus der Küche, so wußte ich, daß Ali das nächste Gericht im Griff hatte.

Ich setzte mich zu Arthur, nippte an einem Glas Wein und legte meine Füße hoch.

»Liz, ich glaube, der Franzose möchte dich sprechen«, sagte Angie mit einer Kopfbewegung.

Ich sah den Mann vom anderen Tisch winken.

»Ja, kann ich Ihnen noch etwas bringen?«

Er hielt die Hand am Mund und war puterrot im Gesicht.

»Wasser, bitte Wasser!«

»Es ist ein sehr scharfes Gericht, zu scharf für ihn«, sagte seine Frau.

»Entschuldigung, aber ich sagte bei der Bestellung, daß es scharf gewürzt ist. Soll ich Ihnen etwas anderes bringen?«

»Ja, bitte, wir möchten nur Kebab für zwei.«

Ich brachte das reklamierte Gericht in die Küche.

»Ali, du warst etwas zu großzügig mit dem Chili, der Mann brennt, versuche es selber!«

Mit einem Löffel probierte sie ein wenig, und ihr Gesicht wurde hochrot.

»Hilfe, schnell Wasser!«

Das ernüchterte sie, und nachdem ich einen weiteren Kebab bestellt hatte, brachte ich dem leidenden Franzosen einen großen Krug Wasser und zusätzlich einen Krug Wein mit Entschuldigungen vom Chef.

Ich ging zu David und Claire, die das Drama mitbekommen hatten, und nahm ihre Bestellung entgegen.

»Chili con Carne gibt es heute leider nicht mehr, aber alles andere ist vorhanden. Was soll es sein?«

Es gab viele andere Vorfälle, die es verhinderten, fünf Sterne im Michelin zu erreichen. Aber Alison kämpfte tapfer weiter und kochte nur Gerichte, die eingefroren werden konnten und in der Hitze nicht so leicht verdarben.

Ich war keine geübte Bedienung, und obwohl ich versuchte,

Alison kocht

nett zu sein, behandelte ich die Gäste so, wie sie mich behandelten. Wenn sie rauh und draufgängerisch waren, zu Scherzen, Witzen und lustigem Geplänkel aufgelegt, lachte ich mit ihnen; oder ich erzählte ihnen, wie sie sich zu benehmen hatten, das machte ihnen nichts aus. Die ruhigen, romantischen Paare, die händchenhaltend dasaßen und den Mond anschauten, wenn er hinter dem Berg hervorkam, unterbrach ich nur, um ihnen ihr Essen zu bringen.

Die romantische Stimmung wurde schwer getrübt, als im Gebälk Ratten und Mäuse auftauchten. Wir legten Rattengift aus, was die Tiere aus dem Haus treiben sollte. Das funktionierte allerdings nicht so ganz. Einige von ihnen verendeten über dem Eingang zur Taverne, und wir konnten sie nicht entfernen. Der Gestank war ekelhaft. Wir besprühten das Gebiet mit Fresh Air Spray, Lavendelwasser und sogar mit Guerlain, aber ohne Erfolg. Es endete damit, daß ich mich auf die Gäste stürzte und ihnen den Weg um den Balkon herum wies, bevor sie die geruchsintensive Stelle erreichten.

Trotz der Mißstände und Fehler hatten wir viele Gäste und Segler, die unsere Freunde wurden und gegen Ende der Saison wiederkamen. Nach dem Essen legte ich immer das Gästebuch vor und bat um einen Eintrag. Einige dieser Eintragungen waren ein großes Kompliment.
Nach einer besonders hektischen Nacht mit so vielen Gästen, daß einige aus Platzmangel nur noch auf den Treppenstufen sitzen konnten, fanden wir einen klassischen Kommentar in unserem Gästebuch:»Haben den Ausblick und das Essen genossen; dieser Ort läßt die einfachste Herberge als Palast erscheinen!«

Scheidung auf griechisch

KAPITEL 11

KENNENLERNEN DER GRIECHEN

Wenn wir nicht arbeiteten, gingen wir tagsüber oft ins Dorf, um die Post zu holen, etwas zu essen oder auch nur auf ein paar *Mezzes*. Die Dorfbewohner akzeptierten uns immer mehr. Da sich mein Griechisch verbessert hatte, saß ich oft mit ihnen zusammen und plauderte, wenn auch nur auf einfachem Niveau. Es kamen Fragen wie:»Wie geht's euch da oben?«, als ob wir zehn Meilen entfernt wohnten und nicht nur achthundert Meter. Die meisten von ihnen verließen das Dorf nie, außer um nach den Ziegen zu sehen oder Holz zu sammeln.

Der älteste Mann der Insel war Kosta. Er war sehr stolz auf seine neunundachtzig Jahre, und ich ging langsam mit ihm bis zur Ecke der Straße am Meer. Er trug einen großen Strohhut und stützte sich schwer auf seinen Stock; aber sein Verstand war klar, und er schwelgte in Erinnerungen.

Noch vor zweihundert Jahren lebte niemand auf Trizonia. Alle Familien wohnten in dem gegenüberliegenden Gebirgsdorf. Als die Gefahren durch plündernde Piraten und Übergriffe der Türken abnahmen, ließen sie sich schließlich am Meer nieder. Trizonia hatte damals kein Wasser, und sie mußten täglich zum Festland rudern, um ihren Wasserbedarf zu dekken. Sie pflanzten Olivenbäume und Wein, bauten Häuser und eine kleine Kirche und lebten von dem, was der Boden hergab sowie vom Fischfang. Jeder Inselbewohner besaß seine eigene *Caique*. Früher bot die große *Caique*, die die Insel und die anderen großen Häfen entlang der Küste anlief, die einzige Möglichkeit, die Insel zu verlassen. Es gab keine Hauptstraße damals, und das Leben war sehr hart.

»Weißt du, daß Onassis die Insel kaufen wollte?« fragte Kosta.
»Nein, wirklich.«
»Ja, er bot uns allen Geld, wir sollten Trizonia verlassen, doch wir weigerten uns alle. Warum sollten wir wegziehen, wir hatten unser Land und unsere Weine, kein Geld der Welt konnte uns das ersetzen.«

Nach und nach wurden Kinder geboren, und auf dem Abhang neben der Kirche wurde eine Schule errichtet. Es war allerdings offensichtlich, daß es nicht genügend Jobs und Arbeit auf der Insel gab, um jedem seinen Lebensunterhalt zu sichern. Außerdem fühlten sich die jungen Leute vom Leben in den großen Städten angezogen. Athen, Thessaloniki und Patras konnten ihnen den Komfort moderner Technik bieten, den es auf Trizonia nicht gab. Darum wanderten die meisten jungen Männer ab, aber nicht die Frauen. Zu der Zeit wurde von ihnen noch verlangt, zu Hause zu bleiben.

Die älteren Frauen waren sehr neugierig, charakteristisch für Griechinnen. Sie luden mich in ihre sauberen Häuser ein und boten mir Kaffee und köstliches, selbstgebackenes, süßes Gebäck an.

Ihre Häuser bestanden aus einem Raum mit einer großen Feuerstelle, einem Tisch, einem Bett, einem Gasbrenner und einem Schwarzweißfernseher an exponierter Stelle, häufig mit einem Häkeldeckchen verziert. Vergilbte Familienfotos hingen an den Wänden, die Männer in strammer Haltung und gewöhnlich in Seemannsuniform.

Im Vorraum lagerten Olivenöl und Wein in Fässern für den Bedarf während des Jahres. Wenn es in der Saison Obst in Hülle und Fülle gab, wurde ich überschüttet mit Limonen, Feigen und Granatäpfeln. Sie hatten alle eine kleines Stück Land, um eigenes Gemüse anzubauen, weil es immer wieder geschah, daß man durch Sturmböen, die die Wasserstraße in rasenden, weißen Schaum verwandelte, vom Festland abgeschnitten wurde.

Die Unterhaltungen verliefen meistens gleich.

»Hast du einen Ehemann?«

Wenn ich dann antwortete:»Nein, ich bin verwitwet«, warfen sie mir verstohlene, mißbilligende Blicke zu, da ich kein Schwarz trug.

»Wie viele Kinder hast du? Jungen oder Mädchen? Wie alt sind sie?«

Eine große Familie garantierte eine gute Altersversorgung. Die meisten Frauen waren mit ihrem Leben zufrieden. Seit Einzug der Fernseher in ihre Häuser waren sie trotz Insellebens über die Weltpolitik unterrichtet. Allerdings war der Dorftratsch immer noch interessanter, als irgend ein Staatsstreich in Afrika.

Es war angenehm, ins Dorf zu gehen und immer die gleichen Gesichter zu sehen. Man wurde stets begrüßt mit»Wie geht's« und antwortete immer:»Danke, gut.«

Eines Tages, als Alison Halsschmerzen hatte, antwortete sie:»Danke, nicht gut, ich fühle mich schrecklich.«

Mein Gegenüber schaute mich erstaunt an und fragte:»Warum sagt sie das?«

Jim empfand diese ständige Neugier als sehr störend. Bei jedem Zusammentreffen wurde man gefragt:»*Pou Pas* (Wohin gehst du)?«

Er war oft kurz davor zu antworten:»Kümmer dich um deine eigenen Sachen«, aber offensichtlich gibt es so einen Ausspruch im Griechischen nicht.

Ich erfuhr, daß alle Ortsbewohner Spitznamen hatten, damit man die dreißig Kostas, Yiorgos und Nicos des Dorfes unterscheiden konnte. Der erste Sohn erhält immer den Namen des Großvaters.

Yiorgo, ein Mann von ungefähr siebzig Jahren mit blauen Augen, einem von Wind und Wetter gezeichneten Gesicht und mit krummen Beinen hatte den Spitznamen "Der Aussichts-

Zwei griechische Frauen in Schwarz

mann", da er in einem Haus am Rande der gebirgigen Küste wohnte, das einen guten Ausblick auf das Festland und das Meer bot. Wegen seiner für diese Region ungewöhnlich hellen Augen sagte man, er sei hellsichtig.

Wenn er mich sah, fragte er, ob ich nach Lepanto zum Einkaufen führe und ihn mitnehmen könnte. Er fuhr aber nicht mit, wenn es zu heiß war, regnete oder noch sehr früh war. Eines Tages jedoch waren ihm die Götter wohl gesonnen, und wir fuhren zusammen. Ich parkte "Odysseus" direkt an der Küste. Yiorgo ging zum Wasser, pinkelte hinein, kam dann zurück und schloß seinen Hosenschlitz. Am Strand lagen Menschen, aber sie achteten nicht auf ihn. Mir fiel auf, daß es für griechische Männer normal war, sich zu erleichtern, wo immer sie gerade waren. Ich wünschte, Frauen könnten das mit dem gleichen Selbstbewußtsein tun.

Yiorgo wollte Saatgut einkaufen, so folgte ich ihm auf der Kopfsteinpflasterstraße in die Nähe des Hafens. Da gab es einen alten Laden, an dem draußen Glocken für Ziegen und Schafe, Hirtenstäbe und eine Vielzahl von Kräutern hingen. Im Laden lagerte das Saatgut in großen Kisten, das vom Ladenbesitzer mit einer alten Messingwaage abgewogen wurde. Ich kaufte ein halbes Kilo Kamille. Es schien ein riesiger Berg zu sein, aber als ich die Blüten von den Stielen entfernt hatte, blieb nur eine kleine Tüte für Tee übrig.

Auf dem Rückweg sagte Yiorgo: »Vielen Dank, *Leez*, wirst du zum Fest am fünfzehnten August mein Gast sein?«

»Welches Fest, Yiorgo?«

»Das wichtigste Fest nach Ostern... *Panagia*. An diesem Tag reisen die Schwerkranken zum Kloster auf Tinos, wo die Ikone "Unserer lieben Frau" gefunden wurde. Sie hoffen, durch ein Wunder geheilt zu werden. Überall in Griechenland feiern wir diesen besonderen Tag.«

»Ich danke dir für die Einladung, Yiorgo. Wenn wir nicht zu viel zu tun haben, werde ich kommen.«

Dreiradtransporter

Wir schlossen die Taverne, und Ali und ich begleiteten Yiorgo und seine Schwester Anita zum Festland. Von dort aus fuhren wir die Haarnadelkurven hinauf in das kleine Dorf von Ileas. Auf dem Dorfplatz waren die Tische unter einer riesigen Platane im Viereck zusammengestellt. Auf einer Seite befand sich eine Plattform für die Musiker. Der Clarinospieler, ein Mann mit den größten Händen, die ich je gesehen habe, entlockte dem traditionellen, griechischen Instrument klare, sanfte Töne. Ein *Bouzouki*-Spieler, ein Akkordeonspieler und eine Sängerin mit einem schwarzen, straßverzierten Kleid heizten die Stimmung an.

Lautsprecher hingen in den Bäumen und aus Mikrophonen ertönten schrille Geräusche. Wir setzten uns an einen langen Tisch zu Iota, dem Mann von Takkis und ihren vier Kindern, die wunderschöne, große Augen hatten.

Der Dorfofen war randvoll mit Holzkohle, über der ganze Lämmer brutzelten. Fleischstücke wurden abgeschnitten und auf die mit Papiertischtüchern bedeckten Tische gestellt. Uns wurde Salat, Brot, Bier und Wein gereicht. Mit den gefüllten Pappbechern stießen wir gegenseitig an: »*Yeia mas*, auf eure Gesundheit, auf ein weiteres gutes Jahr und einen guten Winter.« Niemand hatte bemerkt, daß ich das Fleisch nicht gegessen hatte, da alle die Musiker beobachteten.

Ein ohrenbetäubender Lärm, alle Lautsprecher waren voll aufgedreht und eine Unterhaltung war unmöglich. Ali und ich schrieben uns Zettel, wenn wir uns verständigen wollten. Dann, nachdem mehr Wein geflossen war, fanden die versammelten Dorfbewohner und Gäste ihr *Kefi* - ein häufig benutztes Wort, um auszudrücken, daß man in einer guten Stimmung ist -, und der Tanz begann. Ali und ich traten auch in den Kreis und versuchten, die komplizierten, aber perfekten Schritte der Erwachsenen und Kinder nachzuahmen. Erschöpft ließen wir uns dann am Tisch nieder, aber die Griechen machten weiter bis spät in die Nacht hinein.

Fischer repariert sein Netz

KAPITEL 12

SEEMANNSGARN

Im September hatte die Sonne an Intensität verloren. Morgens und abends wurde es kühler, doch das Meer war noch warm. Ohne den sonst üblichen Dunst hatte man einen wunderschönen Ausblick rings um die Insel, und die Silhouette der Berge zeichnete sich gegen den klaren, blauen Himmel ab. Ich fühlte, daß meine Energie wuchs, schlief nur mit einem Laken bedeckt und konnte nachts auf den surrenden Ventilator verzichten.

Seit Juni hatten wir eine gleichbleibende Besucherzahl gehabt, doch in diesem Monat nahm die Anzahl der Hausgäste leicht ab. Die meisten waren nette, unkomplizierte Menschen, aber es war schon anstrengend, für die ständigen Fragen immer zur Verfügung stehen zu müssen. »Wie komme ich dahin...? Wann fährt der Bus? Können Sie mir ein Taxi bestellen.«
Deshalb war ich froh, als Martina und Simon ankamen, um hier ihre Ferien zu verbringen. So konnte ich mit Gästen aus der Familie etwas ausspannen. Simon hatte seinen Freund George mitgebracht, einen etwas exzentrischen, sechzehnjährigen Arztsohn, der ein totales Hypochonderverhalten an den Tag legte. Das kam wohl daher, daß sein Vater ihn zeitweise nachts in regelmäßigen Abständen geweckt hatte, um seinen Blutdruck zu messen. Er brachte einen Medizinvorrat mit, der für mehr als einen Monat ausreichte.
Als ich die beiden von der Fähre abholte, trug George zwei unterschiedliche Kontaktlinsen, eine blaue und eine grüne. »Oh Gott, was werden die Dorfbewohner denken!«, dachte ich, als er seinen Hut abnahm und seine abstehenden, ab-

wechselnd rot und grün gefärbten Haare sichtbar wurden.
Wir luden ihre Rucksäcke auf den Dachgepäckträger. Marti-
na erzählte von ihren Erlebnissen mit einem Russen, den sie
im Flugzeug kennengelernt hatte.
»Kinder, es ist großartig, wieder hier zu sein. Ich sehne mich
danach, in Trizonia einfach nur zu relaxen. Ich habe wie eine
Wahnsinnige gearbeitet und mein letztes Buch beendet. Jetzt
stehe ich nicht mehr unter Zeitdruck, welch ein Glück.«
Sie zog ihren Pullover aus und steckte ihre Füße aus dem
Autofenster. »Mmm, frische Luft!«
Simon berichtete über seine Erfolge bei den Prüfungen im
ersten Jahr, über ausgezeichnete Noten und neue Freundschaf-
ten, die er an der Universität geknüpft hatte. Ich war so stolz
auf ihn. Er hatte die guten Noten ganz allein geschafft, trotz
meiner Abwesenheit.
»Darling, ich hoffe, du hast George erzählt, daß es auf Trizonia
keine Discos gibt«, sagte ich, als wir zusammensaßen.
»Mum, mach dir keine Gedanken, er ist nicht so verrückt,
wie er aussieht. Ihm macht es Spaß, einfach in der Sonne zu
sitzen.«
»Aber nicht zu viel«, entgegnete ich, da ich Georges durch-
sichtige, weiße Haut bemerkt hatte.

Martina und ich verbrachten die Tage am Strand mit Schwim-
men, Lesen und Erzählen.
»Ich mag deine Briefe Lizzie, ich habe immer vor Augen,
was hier gerade geschieht. Hast du jemals daran gedacht, ein
Buch zu schreiben?«
»Ja, sehr oft sogar, aber es blieb bisher dabei.«
»Warum versuchst du es nicht jetzt?«
»Schau Mart, abends bediene ich die Gäste und helfe Ali.
Wenn ich etwas Freizeit habe, gehe ich gerne schwimmen.
Mein Verstand funktioniert nicht sehr gut in der Hitze.«
»Klar, aber was ist im Winter?« Martina tauchte nackt ins

144

Meer und rief mir zu:»Komm herein, es ist einfach himm-
lisch.«
Doch ich saß unter dem Sonnenschirm und dachte darüber
nach, was sie gesagt hatte. War das von mir gelebte Leben
erzählenswert? Mir schien, ich hatte den richtigen Weg ein-
geschlagen, um mich vom Krebs zu erholen und in dieser
idyllischen Umgebung zu mir selbst zu finden. Aber gab meine Geschichte genug her für ein Buch? Ich würde darüber
nachdenken...

An den Abenden gab es immer viel zu tun. Die Jachten bra-
chen zur Fahrt in ihre Winterlager auf, bevor das schlechte
Wetter im Oktober einsetzte. Abend für Abend bedienten wir
die Mannschaften. Martina, Simon und George saßen mit ihnen zusammen.
John und Angie waren schließlich vor zwei Monaten aufge-
brochen, um ihre Weltreise fortzusetzen. Sie hatten versprochen, mit uns über andere Segler via CB-Funk in Kontakt zu
bleiben.
Martina konnte es einfach nicht glauben, als ein englisches
Rentnerpaar ihr erzählte, daß sie nur einen sechswöchigen
Segelkurs absolviert hatten, bevor sie England verließen. Sie
besaßen einen alten "Motorsegler" und wußten nur, wie man
die Segel in eine bestimmte Richtung setzte. So konnten sie
nie einen bestimmten Ort ansegeln. Sie hatten auch keine See-
karten, sondern nur Straßenkarten von der Küstenregion. Daher mußten sie immer in Küstennähe segeln!
Dann war da der bärtige, bescheidene, sechzigjährige Segler, der bei uns einkehrte und still über seinem Bier saß. Martina fragte ihn nach seiner Jacht, und er zeigte auf eine Zwei-
unddreißig-Fuß-Schaluppe mit Selbststeuerung am Heck.
»Oh, sehr schön«, sagte sie,»ich nehme an, es ist einfacher,
ein kleineres Boot zu bedienen, wenn man allein ist, ich würde
schon etwas nervös werden.« Sie erzählte weiter von ihrer

Reise in einem größeren Boot in die Bretagne und ins Mittelmeer.

»Wo sind Sie gesegelt?« fragte sie ihn.

»Zweimal um die Welt«, entgegnete er ruhig.

Martina verschluckte sich fast an ihrem Wein und fragte ungläubig:»In dem Boot?!«

»Ja, ich habe es selbst gebaut und bin immer sicher mit ihm gefahren, es ist mein perfekter Partner.«

Simon und George waren sprachlos, als der ruhige Mann von seinen Erlebnissen berichtete, obwohl er die Geschichte seiner Reisen herunterspielte. Bevor er Trizonia verließ, gab er uns eine Kopie seines Logbuches. Nachdem ich es gelesen hatte, wurde mir erst klar, welche unglaubliche Kraft und Zielstrebigkeit dieser Mann besaß. Niemals würde ich wieder jemanden nur nach seinem Äußeren beurteilen.

»Ich werde nie wieder über meine Segelerfahrungen erzählen«, sagte Martina.

Den absoluten Kontrast zu diesem einsamen Segler boten die riesigen Motorjachten mit der königsblauen Flagge, Zeichen der Mitgliedschaft in den nobelsten Jachtklubs Englands. Ihre Besitzer, in makellosem Weiß gekleidet, wurden von der Besatzung zur Anlegestelle gebracht. Sie verbrachten den ganzen Abend beim Dinner - an Bord natürlich - und gaben nur kurz über Telefon den Befehl zum Ablegen. Sie genossen weder den außergewöhnlichen Blick, noch die silbrig glänzende Sichel des Neumondes oder den sternenbeladenen Himmel.

Dann gab es die vernarrten Segler, die "Westwinde" und die "Ostwinde", wie wir sie nannten. Sie erzählten so lange übers Segeln, bis die Augen ihrer Kameraden glasig wurden.»Wir haben heute einen tollen Westwind gehabt, von Korinth aus, Stärke 7, hart am Wind gesegelt«, und so weiter und so fort. Wir waren immerhin ein Jachtklub! Daran erinnerte ich mich, als ich zweihundert Drachmen Trinkgeld von einem reichen

Gast erhielt, der sich seine eigene Flasche "Chateau Neuf du Pape" mitbrachte.

»Ich hoffe, es macht Ihnen nichts aus, aber griechische Weine sind mir zu herb.«

»Doch, es macht uns etwas aus«, sagte Ali, »berechne ihm fünfhundert Drachmen Korkengeld!«

Eines Abends ging eine Neunzig-Fuß-Motorjacht links vom Jachtklub vor Anker. Die Crew der "Gin Palaces" war von ganz anderem Kaliber. Innerhalb von fünf Minuten erschienen drei kräftige Holländer in der Taverne. Sie tranken riesige Mengen Bier und bestellten etwas zu essen. Da es an dem Tag geregnet hatte und ein frischer Westwind wehte, hatten wir die Tische hereingebracht. Nachdem sie ihre Mahlzeit beendet hatten, stand der Skipper auf, um vom Balkon aus nach dem Schiff zu sehen.

»Es ist weg!« rief er.

Die beiden anderen und wir sprangen auf und folgten ihm. Die Lichtzeichen der Neunzig-Fuß-Jacht waren nirgends mehr zu sehen. Sie starrten auf die Küste unter uns in der Hoffnung, daß sie irgendwo gestrandet war, ...aber nichts.

»Los kommt!« Sie rasten die Stufen hinunter und eilten in ihrem Tender zur Bucht hinaus.

Dann kamen sie wieder zur Taverne, nachdem sie den Tender an einem vom Westwind geschützten Platz vertäut hatten; allerdings nur zwei von ihnen, einer mußte Wache halten.

»Sie ist an der gegenüberliegenden Insel auf Grund gelaufen, kein großer Schaden. Sie ist sowieso ein Schrotthaufen. Nicht einmal der Kompaß funktioniert. Wir sollten die Jacht in die Türkei überführen, der Besitzer steckt nichts in ihre Instandhaltung. Er kommt nur, wenn wir im Hafen liegen, um sie seinen wohlhabenden Freunden zu zeigen. Nichts desto trotz habe ich eine seiner Champagnerflaschen mitgebracht, um die Rettung zu feiern. Trinkt ihr einen mit?«

Mein spezieller Freund war ein russischer Physikprofessor, der eine Reise vom Schwarzen Meer über das Mittelmeer durch den Golf von Biskaya und zurück durch die Ostsee nach Petersburg plante - auf einem Surfbrett! Er hatte den Koffer auf dem Brett festgebunden, und wenn es ins Wasser tauchte, tat das seine ganze Habe auch. Er mußte in Küstennähe surfen, aber entlang der griechischen Küste hatte er eine Strecke von elf Stunden zurückgelegt. Beim Surfen sang er, und er kannte ganze Opern. Er sang "My Fair Lady" auf Englisch, von uns auf der Gitarre begleitet. Wir gaben ihm ein Bett für die Nacht, und er schlief fünfzehn Stunden lang.

Bevor Simon und George abreisten, versprachen wir ihnen einen *Bouzouki*-Abend außerhalb der Insel. Ali, Martina und ich kleideten uns partymäßig und fuhren mit der "Dory" zum Dorf. Von dort aus brachte uns Xristos zum Festland.
»Alle Mann an Bord«, Xristos reichte uns die Hand, als wir von der Hafenmauer sprangen. »Damen zuletzt«, platsch...
»Hilfe, Hilfe!«
»Es ist doch nicht wieder Mart? Ich kann es nicht glauben, wie kann man nur in eine so winzige Lücke fallen.«
»Nun, sie ist auch nicht sehr groß.«
»Laßt sie das bloß nicht hören«, sagte ich, und wir fischten Mart heraus. Ihr schickes Outfit war triefend naß, und sie hatte Strähnen aus Seegras in ihrem frisch gewaschenen Haar. Xristos holte ein Handtuch, und sie rubbelte sich ab.
»Ich denke, wir bringen dich besser zum Umziehen zurück.«
»Kommt nicht in Frage« sagte sie, »ich gehe so, wie ich bin. Ich werde beim Tanzen schon trocknen.«
Martina, die sich normalerweise sorgfältig und geschmackvoll kleidete, war angesteckt von der Spontanität und dem Zauber Griechenlands.
»Fahr Xristos, starte den Motor, *Bouzouki*, wir kommen!«

Arthur kehrte in der Woche, nachdem die Jungen abgefahren waren, nach Trizonia zurück. Er sagte, er wolle uns bei der Arbeit mit den Flottillen helfen. In der Küche verschüttete er Wasser auf dem Boden, kippte Zigarettenasche ins Spülwasser und keuchte um die Tische herum, um der Crew Schnaps anzubieten. Er ermunterte die australische Führungscrew, beim "Black Spot"-Spiel mitzumachen, bei dem jeder Mitspieler den gleichen Satz nachsprechen mußte. Machte jemand einen Fehler, wurde er mit einem angekohlten Korken angemalt. Jeder weitere Fehler führte zu weiteren schwarzen Punkten, und der erste, der zehn Punkte im Gesicht hatte, war der Verlierer.

»Gott sei Dank geht die Saison nun zu Ende, ich könnte so nicht weitermachen«, sagte ich und legte mein Gesicht, das voller schwarzer Punkte war, auf den Tisch.

»Ich denke, du hast es ganz gut gemacht für die erste Saison. Noch ein paar Abende wie dieser, und wir haben den Überziehungskredit abbezahlt.«

»Arthur, ich liebe deinen Optimismus, aber du hast nicht das ganze Jahr hier verbracht«, betonte Ali. »Es ist nicht nur das Essen und der Service, den du heute abend erlebt hast. Die Logistik, die daran hängt, das Ganze hier zu unterhalten, ist schwierig. Manche Gäste waren gar nicht begeistert von unserer unkonventionellen Art, darum ist es fraglich, ob sie wiederkommen werden.«

»Ali, der Mehrzahl der Gäste hat es anscheinend aber gut gefallen«, ich blätterte durch das Gästebuch, »es ist voller Komplimente über deine Kochkünste.«

»Sie waren alle betrunken«, lachte sie, und ich wußte, daß sie auf das Erreichte stolz war, wozu das Gästebuch auch Anlaß gab.

»Aber ich denke, Ali hat recht, wir müssen die ökonomische Seite des Geschäfts betrachten«, sagte ich. »Momentan kommen Alis Einnahmen aus dem Essen, der Bar und der Zim-

mervermietung. Doch sie muß die Zimmer sauber machen und das Bettzeug wechseln und waschen. Das kostet viel Zeit, die sie sonst für die Arbeit in der Taverne hätte.«
»O.K., ich werde morgen einen Finanzplan für die Zukunft ausarbeiten.« Arthur wünschte uns "Gute Nacht" und tastete sich die Stufen hinunter zum Boot.

Am späten Vormittag sahen wir uns seine Aufstellung an. Es schien, daß wir von der Zimmervermietung, wenn man die Anzahl der Gäste von diesem Jahr zugrunde legte, gerade leben konnten, ohne unseren Überziehungskredit erhöhen zu müssen. Das bedeutete aber, weiterhin sparsam zu leben und beim Reisen wieder die preiswertesten Charterflüge zu buchen.

Da wir jetzt Elektrizität hatten, schlug Arthur vor, den Seglern gegen Gebühr Duschen und Waschmaschinenbenutzung anzubieten, dadurch käme etwas mehr Geld in die Kasse.

Jim sollte einen Transportwagen entwerfen, der neben den Stufen mit einer Winde hochgezogen werden konnte, um die Beförderung der Einkäufe und Kisten zur Taverne zu erleichtern.

»Vielleicht sollten wir eine Segel- und Windsurfingschule eröffnen und Unterricht im Wasserskifahren erteilen?«

»Warum kaufen wir nicht einige Esel und bieten Esel-Trekking auf der Insel an, wenn wir schon mal dabei sind?« bemerkte ich im Spaß.

»Und wer kauft die Esel und kümmert sich um sie, wenn das Haus geschlossen ist? Lizzie, denk mal realistisch - nur weil du den Dünger für deinen Garten brauchst! Wenn ihr meine Vorschläge umsetzt, würde das unsere Einnahmen erhöhen. Vielleicht werden wir mit diesem verrückten Geschäft nie Geld verdienen, aber wir sollten auch kein weiteres Geld verlieren. Es ist eher eine Art zu leben, als ein Geschäft.«

»Bravo Arthur, gute Ideen, wir können sie im nächsten Jahr,

wenn das Wetter wieder besser ist, in die Tat umsetzen.«
Wir vereinbarten, daß die Vorschläge im nächsten Jahr reali-
siert werden sollten. Doch das Saisonende brachte verschie-
dene andere Arbeiten mit sich.

Die "Dory" mußte aus dem Wasser gehoben, der Motor ge-
wartet und die Segel gereinigt und verstaut werden. Jim und
Arthur bereiteten die "Arion Bleu" für ihre Tour nach Malta
vor, wo sie zur Überwinterung aus dem Wasser gehoben werden sollte.

Ali und ich gingen zum Finanzamt und zur Polizei, um unsere
Lizenz abzugeben, da wir für die Wintermonate schließen
wollten. Die Lagerbestandsaufnahme war abgeschlossen,
Kühlschränke und Gefriertruhe wurden abgetaut, und das gesamte Haus wurde geputzt.

An meinem Geburtstag, Mitte Oktober, fanden wir Zeit zu
einem Picknick am Strand. Das Meer war warm, und wir
hatten den Strand ganz für uns allein. Die Griechen gehen
gewöhnlich nach dem ersten September nicht mehr schwimmen. Wir schauten den Himmel an. Als der Abend heran-
brach, nahm er eine orangefarbene Tönung an.

»Ich liebe diesen Ort«, sagte Ali, als wir die Handtücher
zusammenpackten.

»Ich denke, wir haben uns richtig entschieden. Ich fand diesen verrückten Sommer schön und werde dich im Winter vermissen. Ich habe mich so an ein volles Haus gewöhnt, an die
Geräusche und das Lachen. Darum habe ich schon etwas
Angst.«

»Angst vor dem Alleinsein?«

»Nein, nicht vor dem Alleinsein, weil niemand hier ist, sondern vor dem Alleinsein mit meinen Gedanken. Davor, in
mein Innerstes zu schauen und mich zu erforschen. Ich habe
Angst davor, was ich da entdecke.«

»Das war doch einer der Gründe, warum du hergekommen
bist, Mum, erinnerst du dich?«

Liz am Strand

KAPITEL 13

ALLEIN IM WINTER

Am vierten Januar kehrte ich nach Griechenland zurück, nachdem ich Weihnachten und Neujahr mit meinen lieben Kindern und Freunden in England verbracht hatte. Ich war aufgeregt und etwas verunsichert bei dem Gedanken, jetzt ganz allein zu sein. Vorher hatte ich nie mehr als zwei Wochen allein in einem anderen Land verbracht. Ich hatte vor, diese Zeit konstruktiv zu nutzen, zu lernen, mein Griechisch zu verbessern und an meiner Selbstheilung durch Analysen und Meditation zu arbeiten. Natürlich wollte ich auch meinen Gemüsegarten vorbereiten und das Haus streichen.

Unser Taxifahrer Ileas holte mich am Flughafen ab. Ich hatte bewußt das Taxi bestellt und nicht den Bus genommen, da ich noch im Hellen in Trizonia ankommen wollte. Mein Gepäck war schwer, ich hatte eine Menge Bücher mitgebracht. Ileas fuhr los - in Richtung Trizonia, wie ich dachte. Aber während der Fahrt erklärte er mir, seine Mutter wäre krank und er müßte sie in Athen im Krankenhaus besuchen. Wir hielten an, um Blumen zu kaufen. Dann verschwand er für eine Stunde, und ich wartete allein im Wagen.
Er kam zurück mit den Worten »O.K. *Leez*, jetzt können wir.«
Doch dann fuhren wir in die Außenbezirke von Athen, wo er einem Freund einige verwelkte, selbstgezogene Pflanzen und ein paar Eier von den eigenen Hühner vorbeibrachte.
Mir wurde ganz übel von der verrückten Fahrweise in der Stadt. Ich sehnte mich danach, endlich in Trizonia zu sein.
Fünf Stunden war ich schon unterwegs, und ich wußte, wir würden noch einmal drei Stunden brauchen.
Schließlich waren wir jetzt auf dem Weg. Wir fuhren durch

eine Landschaft, in der überwiegend Wein und Obst angebaut wurde. Dazwischen lagen Baumwollfelder, die bereits
abgeerntet waren. Der Weg führte mitten durch eine weite
Ebene, dem Hauptanbaugebiet für griechische Baumwolle.
Als wir die Berge überquert hatten und ich das strahlend
blaue Meer sah, vergab ich Ileas die Verspätung. Die Straße
führte jetzt die Küste entlang durch massives Felsgestein, das
vom Meer aus steil anstieg bis hoch zu den schneebedeckten
Gipfeln. Dann erblickte ich meine Insel, nahe am Festland
gelegen.
Ileas stoppte an einem Laden, damit ich etwas für den Abend
einkaufen konnte. An der Anlegestelle stieg ich dann mit mei-
nem Gepäck aus. Allerdings waren keine Wassertaxis zu sehen. Ileas erklärte mir, daß sich Xristos, mein freundlicher
Wassertaxifahrer, in Athen aufhielte und das Boot von Captain
Yannis den Winter über nicht im Wasser lag.
»Und was ist mit Nicos Boot?« fragte ich.
»*Ela*, das ist eine andere Geschichte«, sagte er.
»Wie meinst du das?«
»*Poli provlima*«, sagte er.
Dann erklärte er mir, warum Nicos Boot nicht mehr im Ein-
satz war. Es hieß, daß eines Nachts zwei betrunkene Männer,
die als Schleppnetzfischer arbeiteten, eine Spritztour machen
wollten. Sie nahmen Nicos Boot und rasten mit Höchstge-
schwindigkeit um die Insel, bis der Motor seinen Geist auf-
gab!
»Und wie komme ich jetzt zur Insel?« fragte ich.
»*Oxi provlima*«, sagte Ileas zuversichtlich und ging zum Telefon.
Er kehrte strahlend zurück und sagte: »Der Bürgermeister
Kosta kommt und holt dich ab.«
Wir tranken einen Kaffee, noch einen und noch einen. Dann
sah ich ein ungewöhnliches Boot durch die hohen Wellen auf
uns zukommen. Es war wirklich der Bürgermeister, jedoch

mit einem Schleppschiff. Es wurde normalerweise im neuen Bootshafen gebraucht, um den Kran zu ziehen.

Kosta kam mit einem breiten Lächeln auf mich zu: »*Yeia Sou's*«, packte mein Gepäck aufs Deck, und wir bahnten uns unseren Weg durch die Wasserstraße zwischen Insel und Festland.

Es war nun sechs Uhr. Die Einheimischen saßen in den Tavernen. Ich konnte mit meinen Koffern nicht in die Bucht unterhalb des Hauses, da mich kein Bootsmann bei diesem Wetter dort hinbringen konnte. Darum ließ ich das Gepäck in Spiros Taverne, nahm heraus, was ich für die Nacht brauchte, und besuchte Aspassia und Ileas.

Meine Freunde freuten sich, mich wiederzusehen, und bestanden darauf, daß ich einen Drink und einige Mezzes zu mir nahm. Ich überreichte ihnen meine Weihnachtsgeschenke, ein kleines Radio für Ileas und einen Pullover für Aspassia. Sie überhäufte mich mit Köstlichkeiten, die sie an dem Tag zubereitet hatte: Butterbohnen in Tomatensauce, Sardinen, am Morgen von Ileas gefangen, *Feta*-Käse und etwas von ihrem *Retsina*, den sie mir in eine Cola-Flasche abfüllte. Es wurde dunkel. Ich versprach, sie am nächsten Tag zu besuchen, verabschiedete mich und wanderte um die Bucht herum zu meinem Haus.

Als ich die untersten Stufen erreicht hatte, hörte ich eine klägliches Miauen. Jims Katzen, Benson und Sapho, kamen auf mich zu, um mich zu begrüßen. Sie waren mager, aber lebten, obwohl sie zwei Wochen sich selbst überlassen waren. Ich stellte meine Tasche ab und räumte das Reisig vom Weg, das Fremde davon abhalten sollte, während meiner Abwesenheit in mein Haus zu gehen.

Im nächsten Augenblick sah ich, wie Benson und Sapho an der Plastiktüte mit dem Brot und den Sardinen zerrten. Sie verschlangen mein Abendessen! Ich schimpfte mit ihnen, und sie fauchten mich an. Ich gönnte ihnen jedoch ihr Mahl, denn ich hatte ja noch Butterbohnen und *Feta*. Kebab war nirgends zu sehen, und ich fragte mich, ob sie wohl gestorben wäre. Nachdem die Sonne untergegangen war, war es jetzt doch sehr kalt. Ich öffnete die Türen meines Hauses.

»Hallo, *spitimou*«, sagte ich.

Es roch muffig und feucht. Ich schaltete das Licht an - es funktionierte - und ging in die Küche. Mäusedreck im Waschbecken und Abdrücke der Krallen auf der Seife. Ich ging nach oben und bezog mein Bett. Dann nahm ich das von Aspassia mitgebrachte Abendessen zu mir und trank den hausgemachten *Retsina*. Ich war zu müde, das Feuer anzuzünden und wollte sofort ins Bett. Darum füllte ich die Wärmflasche, die noch von den ehemaligen Besitzern stammte, mit heißem Wasser und legte sie in mein Bett. Ich schlüpfte in meinen warmen, halbwollenen Pyjama, putzte mir nur schnell die Zähne und kroch unter die Decke.

Zu meinem Entsetzen stellte ich fest, daß die Wärmflasche undicht und mein Bett naß war. Zitternd drehte ich die Matratze um, wechselte das Bettlaken, ging hinunter und stellte den Kessel noch einmal auf den Herd. Hinter der Bar fand ich eine leere *Ouzo*-Flasche. Diese füllte ich mit fast kochendem Wasser und lief wieder nach oben. Ich steckte die *Ouzo*-Flasche in eine große Wollsocke und stieg, diese umklammernd, in mein Bett. Nun fühlte ich mich warm, und ich war zufrieden mit meiner neuen Erfindung. Bevor ich einschlief, fragte ich mich, welche Probleme der nächste Tag wohl bringen würde.

Als ich erwachte, schien die Sonne bereits in mein Schlafzimmer, und ich sah den blauen Himmel. Ich sprang aus dem Bett, kroch aber schnell wieder hinein. Es fror noch!

Ich kramte nach meinen Socken, der Thermo-Unterhose und dem Unterhemd in meiner Schublade. Schnell zog ich Hose, Pullover und ein paar alte Wollstrümpfe darüber. Ein weite-

Liz in "Thermo-Kleidung"

res Paar Strümpfe wickelte ich mir um den Hals. Dies ist also das Mittelmeerklima, dachte ich, als ich beide Gasbrenner anzündete, einen für das Teewasser, den anderen als Wärmespender. Nun versuchte ich, meine Gedanken wieder etwas sammeln.

Ich mußte für eine Woche Lebensmittel einkaufen, der Weg zur nächsten Stadt war nicht einfach: achthundert Meter auf dem Trampelpfad zum Dorf, mit dem Wassertaxi zum Festland, und dann, vorausgesetzt mein Auto stand noch da, eine halbe Stunde zur nächsten Stadt.

Da bei diesen wöchentlichen Ausflügen eine Menge zu tragen war, hatte ich mir aus England einen Einkaufswagen auf Rädern mitgebracht. In England hätte ich mich damit zwar nicht auf die Straße getraut, hier war ich aber in Griechenland, und es war die einzig praktische Lösung.

Ich lief die fünfunddreißig Stufen hinunter, ignorierte das Schreien meiner Katzen nach mehr Futter und zog meine Einkaufskarre hinter mir her.

Auf dem Weg bemerkte ich, daß die Häuser verriegelt waren, niemand war zu sehen. Die Zahl der Inselbewohner war während der Wintermonate auf achtzig Personen geschrumpft, vorwiegend Männer über fünfundfünfzig und nur wenige Frauen gleichen Alters. Drei Männer waren unter Vierzig, abgesehen vom Bürgermeister mit seiner Frau und drei kleinen Kindern, das vierte war unterwegs.

»Damit die Familie Steuervergünstigungen erhält«, erklärte der Bürgermeister unbekümmert.

Die Tanne in der Mitte des Dorfplatzes war noch weihnachtlich geschmückt, Lametta flatterte von den Zweigen, Lichter und buntes Spielzeug hingen am Baum. Das blieb so bis März!

Ich klopfte an die Tür von Aspassias und Ileas Haus. Sie nutzten während des Winters nur einen Raum und hatten eine große Feuerstelle aus Stein, die *tsaki*, groß genug, um riesige

Olivenstämme darin zu verbrennen. Das Feuer brannte Tag und Nacht. Hinter einem mit Blumenmotiven bedruckten Vorhang standen Fässer mit hausgemachtem Wein und Olivenöl. Außerdem gab es einen Gasbrenner, eine Gasflasche, einen Tisch, zwei Stühle und ein Bett direkt am Feuer. Auf dem Kühlschrank stand ein großer Schwarzweißfernseher. Es war einfach, warm und gemütlich.

Aspassia und Ileas lagen angezogen im Bett, zusammengerollt wie zwei Kinder. Aspassia war ganz in Schwarz gekleidet, als Zeichen des Respekts für ihre Mutter, die im letzten Jahr gestorben war. Sie begrüßten mich. Dann machten Aspassia und ich uns auf den Weg zum Festland.

Ich zog die Plane von meinem Auto, das seit meiner Reise nach England Anfang Dezember an der Anlegestelle stand. Es sprang sofort an. Aspassia bekreuzigte sich, weigerte sich aber, den Gurt anzulegen.

Wir fuhren über die Hauptstraße parallel zum Meer, durch Obstplantagen, Limonen- und Orangenhaine. Lebhafte Farbflecke hoben sich von dem Dunkelgrün der Blätter ab. Die Farben im Winter sind ein großer Kontrast zur verbrannten, trockenen Sommerlandschaft. Ich hielt Ausschau nach den Schaf- und Ziegenherden, die oft über die Hauptstraße ziehen und den ganzen Verkehr aufhalten. Der Hirte hält dann ein Schwätzchen mit dem ersten in der Autoschlange, und wenn er weiterzieht, winkt er mit seinem geschnitzten Stab.

Die nächste Stadt, Lepanto, war gut ausgestattet mit Obst- und Gemüseläden, Haushalts- und Eisenwarenläden und Supermärkten. Außerdem gab es drei Banken. Ich bekam dort alles, was ich brauchte.

Ich ließ Aspassia ihre Einkäufe machen und setzte mich mit meiner Einkaufskarre in Bewegung, die Aspassia bewunderte und die bei den anderen Frauen im Supermarkt Verwirrung hervorrief.

»*Ti einai afto*?« Wo gibt es die zu kaufen?
Ich erzählte, daß ich sie in England gekauft hatte. Das führte zu längeren Unterhaltungen über Reisen, Politik, Margret Thatcher und zu Fragen, was ich im Winter in Griechenland wollte. Es schien, als verbrächte kein Engländer den Winter auf einer kleinen griechischen Insel, ganz zu schweigen von einer Engländerin *moni sou* (allein).
Ich brauchte lange, um alle meine Einkäufe zu tätigen. Außerdem wollte ich einige Handwerker besuchen. Zuerst mußte ich mit Kosta, dem Klempner, reden. Er saß hinter seiner Theke, die mit Papier, vollen Aschenbechern und mehreren leeren Kaffeetassen vollgestellt war.
Er erhob sich, ganze 1,50 m groß. »*Xronia Polla. Kalo Himona*« (Ein Gruß zum Neuen Jahr).
»*Leez*, es ist kalt, nimm einen Drink zum Aufwärmen.«
Kosta nahm eine Sprite-Flasche und schüttete mir etwas ins Glas.
»Danke Kosta, aber ich mag kein Sprite«, sagte ich.
»Das ist kein Sprite, sondern mein eigener Raki aus den Bergen. Wir trinken ihn speziell im Winter zum Aufwärmen. I am beautiful!«
Ich traute mich nie, sein fehlerhaftes Englisch zu korrigieren, da er so sehr versuchte, mich mit seinem Können zu beeindrucken. Ich mußte immer lachen, denn er war alles andere als "beautiful". Aber durch seine starke Persönlichkeit wurden seine körperlichen Mängel kompensiert.
»*Yeia mas*.«
Wir stießen an, und ich schluckte die harmlos aussehende Flüssigkeit in einem Zug hinunter, wie Kosta es auch tat. Puuh! Mir war, als ginge ich wie eine Rakete durch das Dach! Dieser *Raki* war wie Feuerwasser. Natürlich wärmte er mich, aber es gelang mir, um eine weitere Kostprobe herumzukommen, indem ich sagte, ich müsse zur Bank. Ich bat Kosta, zu mir zu kommen, um nach der defekten Wasserpumpe zu se-

Kosta "I am beautiful"

hen, und wir vereinbarten einen Termin. Als ich dann ging, folgte er mir, schloß seinen Laden hinter sich ab und begleitete mich zur Bank.

Wie üblich, war in der Bank eine lange Warteschlange. Kosta schlenderte umher und begrüßte jeden mit »*Yeia sou's*«. Sie kannten ihn alle. In der Luft hing dicker Zigarettenqualm trotz der Schilder "RAUCHEN VERBOTEN", "RAUCHEN IST SCHLECHT FÜR IHRE GESUNDHEIT". Der Bankdirektor selbst war Kettenraucher, und die Belegschaft folgte seinem Beispiel.

Ich wandte mich an Yannis, einen Englisch sprechenden Beamten, und bat ihn, mir mein Konto zu zeigen und den Kontostand zu erklären. Kosta folgte mir. Er lehnte über der Theke, als Yannis die Zahlen nannte und fragte ihn, wieviel ich auf dem Konto hätte und wieviel Zinsen ich bekäme. Ich mußte feststellen, daß es in griechischen Banken keine Art von Diskretion gab. Sie diskutierten offen über die finanzielle Situation der anderen und gingen auch gern ins Detail, besonders wenn es sich um Schulden handelte.

Ich verließ die Bank zusammen mit Kosta und Yannis, die immer noch über mein Konto redeten, und ging über das schmale Pflaster zum Elektroladen. Dort fand ich Takkis, den Besitzer, einen großen, freundlichen Mann mittleren Alters, der von anderen Männern umringt an seinem Schreibtisch stand. Sie alle starrten auf eine Röntgenaufnahme, die er hochhielt.

»*Leez, xronia pola*«, sagte Takkis.

Ich grüßte zurück und fragte, was mit der Röntgenaufnahme sei.

»*Ela* - schauen Sie sich mein Bein an«, sagte Takkis.

Er erhob sich langsam vom Stuhl mit Hilfe einer Krücke und zeigte mir einen Verband, der den ganzen Fuß und das Bein bedeckte. Offensichtlich hatte er mit einem scharfen Spaten im Garten gearbeitet und wohl versehentlich seinen Fuß getroffen. Ich lauschte all den bluttriefenden Geschichten, unterbrochen mit »*Ti cremas*« und fand, daß ich ihn jetzt unmöglich bitten konnte, zur Insel zu kommen, um meine Fernsehantenne einzustellen. Er hatte im letzten Herbst meine Antenne angebracht und stolz verkündet: »Jetzt hast du Farbe, *Leez*«, aber bisher Fehlanzeige! Stattdessen fragte ich nun nach einer Glühbirne.

Takkis Laden war vollgestopft mit elektrischen Teilen. Sie lagen wahllos überall herum, vom Fußboden bis zur Decke. Doch er wußte immer, wo sich das winzigste Teilchen befand. Er kam nicht an die Glühbirnen heran, da sie im obersten Regalfach lagen und nur mit einer wackligen Stehleiter erreichbar waren.

»Warte und trink einen mit mir, ich rufe meine Nichte. Sie wird die Leiter hochsteigen.«

Er bestellte Kaffee in dem *Kafenion* nebenan, wie allgemein üblich in Griechenland, wenn man ihn nicht selbst zubereiten kann. Takkis holte eine Pepsi-Cola-Flasche und goß mir einen großen Schluck *Raki* in meine Kaffeetasse.

»Es ist kalt, *Leez*, das wird dir gut tun.«

Ich wußte diesmal, was mich erwartete. So ließ ich die warme Flüssigkeit langsam durch meine Kehle rinnen, jetzt fühlte ich mich locker und leicht. Nachdem ich die Glühbirne bekommen hatte, setzte ich meinen Weg zu dem Dorfplatz, wo ich Aspassia treffen wollte, leicht schwankend fort. Mein Korb war randvoll gefüllt mit Lebensmitteln, die hoffentlich für eine Woche ausreichten. Ich wagte nicht, an irgend einem anderen Laden Halt zu machen, aus Angst, einen Griechen beleidigen zu müssen, weil ich seinen hausgemachten *Raki* ablehnte.

Zurück in Trizonia aß ich mit Aspassia und Ileas hausgemachte *tiropita* (Käsepastete), eine Mischung aus Spinat und Reis, dazu *Feta* und trank *Retsina*. Ich war inzwischen ziemlich betrunken und nicht mehr in der Lage, meine Koffer und den Einkaufskorb zurück zum Haus zu tragen. Der immer sehr zuvorkommende Ileas versprach, mir die Sachen mit seinem Boot herüberzubringen. Wir luden also alles in seine kleine, blaue *Caique* und tuckerten durch die innere Bucht zur Anlegestelle unterhalb meines Hauses. Ileas half mir, die Sachen auf den von Jim entworfenen Transportwagen zu laden. Ich ging im Zickzack die Stufen hinauf und spürte die Kälte nicht mehr.

Am Tag danach wachte ich mit Kopfschmerzen auf. Ich wankte die Treppe hinunter und sah zum Balkonfenster hinaus über die Bucht zum Festland. Es lag Schnee auf dem "Mud Mountain"! Oh nein! Die Einheimischen hatten mir erzählt, es habe seit fünfzig Jahren nicht mehr geschneit. Mit Wollmütze, Handschuhen, zwei Pullovern, Hose und Stiefeln bekleidet wagte ich mich in den Garten.

Die Schneewolken wirbelten über den gegenüberliegenden Bergen, und das Wasser in der Tonne hatte eine Eisschicht. Ich brauchte dringend Holz und wollte Holz hacken, aber die Axt war stumpf und konnte die Rinde nicht durchdringen. Im Schuppen fand ich eine alte Säge; ich brauchte eine Stunde, um einen Ast damit durchzusägen. Das brachte mich schier zur Verzweiflung. So sammelte ich so viel Reisig, wie ich finden konnte, das würde allerdings nicht allzu lange brennen. Darum stapfte ich, einen Boss-Beutel in der Hand, herunter zum Strand und füllte ihn mit Treibholzstücken, die gut in die kleine Öffnung meines Ofens paßten. Als ich das Holz zurückschleppte, kam mir Ileas auf seinem Esel Panagia entgegen.

»*Yeia so Leez. Ti kaneis?*«

Ich erzählte ihm von meinem Problem und dem Mangel an geeignetem Werkzeug zum Holzhacken.

»Ich werde dir etwas Brennholz bringen«, sagte er, »hab keine Angst.«

Ich lagerte alles Holz, das ich gesammelt hatte, im Haus. Bei der harten Arbeit hatte ich die Kälte vergessen. Dann kam mein Retter Ileas auf Panagia, beladen mit Holz, die Stufen hoch. Er begann, das Holz mit einem geschwungenen, machetenartigen Werkzeug in ofengroße Stücke zu zerkleinern, bis ein großer Haufen Feuerholz da lag. Er erklärte mir dann, ich müßte das Feuer mit den Wurzeln der Weinstöcke anmachen, weil diese leicht brennen, und zeigte auf die gewundenen Wurzeln, die er mitgebracht hatte.

Ileas meinte, das Wetter würde noch schlechter werden, und er riet mir, mehr Holz zu besorgen. Er bot an, alle toten Bäume in meinem Garten zu fällen und sie zu zerkleinern, wollte mir aber keinen Preis für die Arbeit nennen. Ich wußte, er war in Pension und versuchte, das Einkommen seines Sohnes etwas aufzubessern. So bot ich ihm als Gegenleistung an, seine Ziegen und Esel auf meinem Land grasen zu lassen und sich soviel Gras zu nehmen, wie er als Futter brauchen konnte. Wir gaben uns darauf die Hände, und Ileas versprach, wiederzukommen, sobald er Zeit hätte.

Der Himmel verdunkelte sich. Ich schloß Türen und Fenster und ging daran, das Feuer anzuzünden. Ich nahm die Metallplatte ab, legte Papier und Zweige in den Ofen, und als die Weinwurzeln Feuer gefangen hatten, legte ich meine kostbaren Holzscheite darauf. Das Feuer erlosch. Ich versuchte es noch einmal, mit dem gleichen Ergebnis. Nach dem dritten Versuch merkte ich, daß die großen Klötze allesamt feucht waren. So nahm ich die dünnen Zweige der Mandelbäume. Es flackerte und knackte und war in fünf Minuten ausgebrannt. Ich verbrachte den Abend in Wollstrumpfhose, drei Pullovern, Thermo-Unterwäsche, zwei Hosen und mit einer Mütze auf dem Kopf und huschte zwischen der Küche und dem Ofen hin und her, um mein Essen zu kochen und das Feuer zu überwachen.

Einmal wöchentlich hatte ich mir ein Video zugestanden. An

den anderen Abenden wollte ich lesen oder mir griechisches Fernsehen ansehen, um so mein Griechisch zu verbessern. In eine dicke Decke gekuschelt, kauerte ich mich auf das Sofa. Ich saß fast auf dem Ofen, legte mehr Zweige ins Feuer und schob die Kassette »French and Saunders« ins Videogerät. Ich hatte das Bedürfnis, einfach mal wieder zu lachen. Da es durch den Ofen unten wärmer war, entschloß mich, dort zu schlafen. Es muß so gegen 4.30 Uhr morgens gewesen sein, als ich von einem komischen Geräusch im Zimmer wach wurde. Sofort saß ich senkrecht im Bett, griff nach dem Lichtschalter und sah eine sehr große Maus, oder war es eine Ratte? Sie bewegte sich im Regal, in dem sich meine Vitaminpillen befanden und hatte ein Röhrchen auf die Erde geworfen. Mir wurde eiskalt vor Entsetzen. Die Maus/Ratte kletterte über das Regal und warf ein weiteres Tablettenröhrchen um. Dann polterte das Nachtkerzenöl herunter, und die Kapseln rollten auf den Boden.

»Das reicht«, sagte ich.

Der mögliche Verlust meines Lebenselexiers, das es in Griechenland nicht zu kaufen gab, brachte mich in Aktion. Ich sprang aus dem Bett - ich hatte Socken an, und ich war größer als sie - und griff nach der Fliegenklatsche. Ich klatschte gegen die Wand neben dem Regal, und die Maus flitzte davon. Ich sammelte meine wertvollen Pillen ein, verschloß fest den Deckel des Röhrchens und ging zurück ins Bett.

Ich konnte nicht schlafen. Der Gedanke »Wenn eine Maus hier ist, kann sie auch in mein Bett kommen« schwirrte mir durch den Kopf. Ich lag unbeweglich da und lauschte auf jedes Geräusch im Haus. Das Quietschen der Fensterläden ließ mich vor Angst erstarren, und das Rascheln der Zweige an den Fenstern machte mir Gänsehaut.

»Es ist lächerlich«, dachte ich, »ich bin hier allein in meinem Haus, schließe nicht einmal nachts die Türen ab und habe jetzt panische Angst wegen einer Maus.«

Es war 5.30 Uhr und noch dunkel. Ich stand auf und ging in die Küche, um die "humane" Mausefalle zu suchen. Die Falle, die Mäuse und Ratten mit dem Eisenbügel schnappte, konnte ich nicht aufstellen. Es bedeutete ja, daß ich sie tot aus der Falle entfernen müßte. Die humane Falle war ein kleiner Käfig, in dem man ein Stückchen Käse an einem Draht befestigt aufhängt. Wenn die Maus hineingeht, um den Käse zu fressen, löst sich die Feder, und die Maus ist gefangen. Man muß sie dann weit entfernt vom Haus wieder frei lassen und hoffen, daß sie sich eine andere Bleibe sucht.

Ich stellte also die Falle mit etwas Käserinde an dem Drahthaken ins Regal.

»Komm du kleiner Räuber«, sagte ich, »hier ist etwas für dich.«

Nach dieser großen Tat war ich stolz auf mich und überzeugt, wieder sicher schlafen zu können. Ich schlüpfte in mein Bett, zog die Decke über den Kopf - nur für den Fall, daß...! - und schlief ein.

Am nächsten Morgen war es noch kälter geworden. Ich ging auf den Balkon und sah, daß der Schnee das erste Dorf auf den Hängen des "Mud Montain" erreicht hatte.

»Trockne mehr Holz und hacke mehr Äste«, sagte ich mir.

Ich ging zurück in die Küche und hörte ein klägliches Miauen. Draußen stand Kebab, dreckig und furchtbar abgemagert. Sie lebte! Ich hatte nicht gedacht, daß es mich so glücklich machen würde, die Katze wieder zu sehen. Ich ließ sie herein und die anderen beiden Katzen draußen. Es war zwar kalt, aber ich wußte, sie konnten selbst für sich sorgen, so wie alle wilden Katzen in Griechenland, und sie hatten einen Schlafplatz unter dem Haus. Ich stellte Kebab eine Schüssel mit Katzenfutter in die Küche. Sie stürmte darauf zu, schlang es hinunter und würgte alles prompt wieder heraus.

»Macht nichts, Kebab«, sagte ich tröstend und kämpfte beim Aufwischen mit meinem Ekel.

»Friß es beim nächsten Mal langsamer. Komm rein und wärm dich auf.«

Ich ließ sie in mein "Allerheiligstes", in mein Zimmer. Sie schlich zu meinem Bett, kletterte hinauf, rollte sich zusammen und schlief ein. Mir war bis dahin nicht bewußt, wie sehr ich es vermißte, mit jemandem zu sprechen. Ich hätte nie gedacht, daß eine Katze dieses Bedürfnis stillen könnte. Wegen der klirrenden Kälte mußte ich mich den ganzen Tag bewegen. Draußen war es wärmer als drinnen. So hackte ich Holz und holte vom oberen Teil der Straße große Steine, um mein Gemüsebeet einzufassen. Für die Limonen- und Feigenbäume, die Ileas mir versprochen hatte, grub ich große Löcher. Unterhalb des Hauses wollte ich einen englischen Garten anlegen und brauchte dafür Kies und Kieselsteine. So nahm ich also jeden Tag meine Boss-Tasche, ging zum Bottle Beach und sammelte helle Kieselsteine. Über den Ziegenpfad spazierte ich vom Strand zurück und genoß den Blick auf die silbrig-grün schimmernden Olivenbäume und den kräftig gelben Ginster und erfreute mich einfach an der sauberen Luft.

Eines Tages traf ich auf meinem Weg zu den Kieselsteinen eine alte Griechin, bekleidet mit Wollsocken, schwarzem Rock, Pullover und dem typischen Kopftuch. Sie hielt einen Plastikbeutel und ein Messer in der Hand.

»*Pou pas* (Wohin gehst du)?« fragte sie mit ihrer typisch griechischen Neugier.

Ich erklärte ihr, daß ich auf dem Weg sei, Kieselsteine zu suchen und fragte sie, wohin sie ginge.

»Pflanzen sammeln«, antwortete sie mir.

»Oh, Löwenzahn«, sagte ich, »kann man den jetzt gut essen?«

»*Nai, pame mazi* (Ja, komm, wir gehen zusammen)«, sie lächelte mit ihrem zahnlosen Mund und gab mir ein Zeichen, ihr zu folgen.

Alte Griechin mit Heilpflanzen

Wir kamen zu einem Olivenhain abseits des Weges, in einer Mulde unterhalb des Hügels, wo der Boden feucht war. »Sieh mal«, sagte sie, »hier findest du die besten Pflanzen. Sie müssen jung sein und dürfen keine Blüten tragen. Wenn sie blühen, schmecken sie bitter. Du mußt sie einige Stunden wässern und dann mit Öl und Limonen kochen.«

Sie begann fachmännisch, die Blätter und Wurzeln zu schneiden und gab mir dann ein großes Bund.

»Das ist gut für deine Gesundheit«, sagte sie.

Ich dankte ihr ausgiebig und ging hinunter zum Strand. Wie sehr sich doch die Griechen von den Engländern unterscheiden. In England wird Löwenzahn mit Unkrautvertilgern besprüht, damit er den Rasen nicht verdirbt. In Griechenland dagegen glaubt man noch an den hohen gesundheitlichen Wert und die Heilkraft der Kräuter und Pflanzen.

Im Supermarkt sprach ich einmal mit der Kassiererin über das Thema Gesundheit, das Lieblingsthema der Griechen, und erzählte ihr, daß ich Krebs gehabt hatte.

Als sie das Wort hörte, bekreuzigte sie sich inbrünstig, zog ihren Pullover vom Hals und hauchte hinein »*Ftof, ftoof, ftoof*«; das sollte verhindern, daß ihr das gleiche passieren würde und sie außerdem vor dem "bösen Blick" schützen.

Sie nannte mir ein Heilmittel.

»Es gibt eine Pflanze, die in den Bergen wächst«, sagte sie. »Die Zigeuner pflücken sie dort und verkaufen sie an der Straße. Doch man muß wissen, wie sie aussehen und ob sie frisch sind. Es gibt schlechte Menschen *(kakos)*, die vorgeben, Zigeuner zu sein, die Kräuter aber auf dem Friedhof gepflückt haben und sie als Heilpflanzen verkaufen. Wenn man diese jedoch ißt, stirbt man!«

Ich dankte ihr und beschloß, nur Pflanzen vom Gemüsehändler zu kaufen oder sie selber zu pflücken.

Kebab sollte die erste Nacht nach ihrer Rückkehr im Haus schlafen. Ich hoffte, sie würde die Maus fangen, wenn diese wieder auftauchte. Ich stocherte im Feuer und bereitete mir eine warme Mahlzeit aus Bohnensuppe mit Kräutern und trank einen *Ouzo* dazu - selbstverständlich nur, um mich aufzuwärmen. Dann setzte ich mich, um mit Kebab auf dem Schoß zu lesen. Plötzlich sah ich eine Maus von einer Seite des Zimmers zur anderen huschen.

»Hilfe!« Ich schob Kebab auf den Boden, zog meine Füße auf das Bett und rief:»Kebab fang sie!«

Aber Kebab ignorierte mein Flehen und die Maus und sprang zurück auf meinen Schoß.

»Oh Gott, was jetzt?«

Ich hatte einen nutzlosen Mausefänger, eine schläfrige, gut versorgte Katze, die es nicht nötig hatte, Mäuse zu fangen.

»Nur Mut, meine Alte«, sagte ich mir,»wir haben ja noch die Falle.«

Ich tastete mich vorsichtig auf Zehenspitzen zum Regal, wo ich die Falle aufgestellt hatte und erwartete fast, daß das "Biest" schon darin wäre. Ich schaute hinein - aber nichts! Keine Maus und - zu meinem Entsetzen - auch kein Käse mehr! Ich nahm die Falle, hängte nochmal Käse hinein und stellte sie auf den Boden, wo ich die Maus gesehen hatte. Kebab schlief währenddessen weiter.

»Vielleicht habe ich sie nicht richtig aufgestellt«, dachte ich und befestigte vorsichtig den Draht an der Klappe.»Ich schlafe nicht hier, egal, wie kalt es oben ist. Aber Kebab bleibt unten bei der Maus.«

Ich ging hinauf, eine mit heißem Wasser gefüllte *Ouzo*-Flasche in der Hand, putzte die Zähne und wischte mir schnell mit einem kalten Waschlappen durchs Gesicht. Bei der Kälte war an Duschen und Baden nicht zu denken. Mit Strumpfhose und Mütze ging ich ins Bett.

Während des ersten Monats meines Alleinseins in Trizonia ging ich nur zweimal in der Woche zum Festland, um einzukaufen und meine Post abzuholen. Ich versuchte, mir zu beweisen, daß ich auch allein zufrieden leben konnte.

Dreimal in der Woche wurde die Post von Vlassis, einem stämmigen Mann mittleren Alters mit blauen Augen, gebracht. Er trug die Post in einer großen Schulterledertasche, um die andere Schulter hing ein kleines Messinghorn. Gewöhnlich kam er gegen elf Uhr, ging zur Taverne am Minimarkt, setzte seine Tasche ab und blies dreimal in sein Horn. Dann wußten alle Dorfbewohner, daß der Postbote angekommen war und eilten zur Taverne.

Vlassis liebte seine Arbeit und kannte jeden auf der Insel. Er rief die einzelnen Namen auf und händigte die Post aus, als ob er alten Freunden Geschenke überreichte. Die Briefe und Karten, die in einer ausländischen Sprache geschrieben waren, behielt er zurück, versah sie mit griechischen Buchstaben und ging dann auf einen Kaffee in die Taverne. Die nicht abgeholte und unbekannte Post blieb draußen auf dem Tisch liegen. Darum war es reines Glück, daß ich meine Post überhaupt erhielt. Der Wind blies die Briefe vom Tisch, sie landeten in Blumenbeeten, unter den Stühlen und sogar im Meer, wenn der Wind in diese Richtung wehte.

Vlassis teilte nicht nur die Post aus, sondern kassierte auch die Stromrechnungen. So brauchte man dafür nicht zum Festland zu fahren. Außerdem zahlte er die Renten an die vielen Alten auf der Insel aus.

Wenn ich im Dorf war, freute ich mich über die Gesellschaft in der Taverne, obwohl sich viele Männer durch meine Gegenwart bei den Fußballübertragungen gestört fühlten; doch der alte Yiorgo mit seinem zerfurchten Gesicht hatte immer ein Lächeln für mich.

Manchmal besuchte ich Spiros und seine Eltern in der Taverne, die immer ein großes *tzaki* veranstalteten. Sie fragten mich, ob ich *parea* (Gesellschaft) hätte.

Postmann in Trizonia

»Nein, ich bin allein«, antwortete ich.

»Wir werden dich besuchen«, sagten sie. Aber ich wußte, daß sie das niemals taten.

Sie gingen selten weiter als ins Dorf. Golfo hatte mir erzählt, daß sie einmal nach New York gereist sei, um ihren älteren Sohn zu besuchen. Ich konnte mir nicht vorstellen, wie sie diese Reise allein geschafft hatte, diese kleine, griechische Insulanerin, die niemals zuvor in ihrem Leben diese Insel verlassen hatte! Ich stellte mir vor, wie sie ein Schild um ihren Hals trug mit Namen, Adresse und Nationalität, in Englisch natürlich. Sie selbst sprach nur Griechisch. »Wie mutig«, dachte ich bewundernd. Hier saß sie nun, die Hände in den Schoß gefaltet, und starrte ins Feuer, während ihr Mann neben ihr im Sessel döste. Gelegentlich legte sie einen neuen Holzscheit auf das Feuer oder sah fern. Sie brauchte weder New York noch das Festland. Trizonia war der Mittelpunkt ihres Lebens.

Ich kannte jeden auf der Insel, so dachte ich, bis ich eines Morgens mit meiner Einkaufskarre die untere Straße hinunterging zum wöchentlichen Einkauf auf dem Festland. Ich ging an zwei Männern vorbei, die ich nie zuvor gesehen hatte. Einer war um die dreißig mit mürrischem Gesicht, der andere, der ihm folgte, war ein alter Mann um die sechzig, schlank, unrasiert und gebeugt. Er trug einen alten Seemannshut, und seine Hose wurde von einem Gummiband gehalten. Ich bemerkte, daß sein Hosenschlitz offen war und er mit der Hand seinen Penis umfaßte.

»Huch!« dachte ich, »wer sind die denn und was machen sie auf der Insel?«

Heute abend würde ich meine Tür abschließen.

Am nächsten Morgen hörte ich ein lautes Klopfen an der Tavernentür. Ich sprang aus dem Bett, zog mir die übliche warme Kluft an und ging zur Tür. Draußen stand der Mann mit dem offenen Hosenschlitz. Er sah mich durch die Scheibe, ich konnte mich also nicht wegschleichen. Nervös öffnete ich die Tür einen Spalt.

»Was wünschen Sie?« zischte ich.

»Einen *Ouzo*«, sagte er.

»Warten Sie einen Moment.« Ich schloß vor ihm ab, holte aus der Küche ein Glas *Ouzo* und reichte es ihm durch den Türspalt.

Er trank es in einem Zug und fragte: »Wieviel kostet das?«

»Nichts«, sagte ich.

Ich wollte nicht, daß er im Haus wartete, während ich nach Wechselgeld suchte. Er humpelte den Weg hinter meinem Haus hoch. Während ich mir schnell saubere Unterwäsche anzog, grübelte ich darüber nach, warum er so früh morgens an meine Tür gekommen war. Ich würde meinen Freund Xristos besuchen und ihn fragen, ob er diesen ungewöhnlichen Mann kannte.

Als ich aus der Küche kam, saß da plötzlich der Mann "mit dem offenen Hosenschlitz" in meiner Taverne. Gedanken an Vergewaltigung und Brutalität schossen mir durch den Kopf, und ich schnappte nach dem Besen, der an der Wand lehnte...

»Was machen Sie da?« schrie ich.

Er lächelte komisch. »Das ist doch eine Taverne, stimmt's? Ich möchte noch einen *Ouzo*.«

»Na gut, aber wir haben während des Winters geschlossen«, sagte ich mich zur Tür bewegend.

»Ich arbeite an dem Franzosenhaus und verlege dort Rohre«, sagte er. »Draußen ist es sehr kalt, und ich habe Geld für *Ouzo*.«

Ich war erleichtert zu hören, warum er hier in der Gegend war, aber mir war noch nicht klar, was er wirklich wollte.

»Warten Sie, ich frage meinen Mann, ob ich Ihnen noch etwas zu trinken geben darf«, erwiderte ich, eilte in die Küche und unterhielt mich mit meinem imaginären Ehemann!

»Darling, da ist ein Mann, der möchte einen *Ouzo* haben, dürfen wir ihm einen verkaufen?«
Ich antwortete mit der tiefsten Stimme, die ich herausbrachte, in einem sehr lauten Ton.
»Ja, O.K., ich komme gleich.«
Gott sei Dank waren mir mein Schauspieltalent und die Stimmprojektion vom RADA-Training nicht abhanden gekommen. Ich nahm eine dreiviertel volle *Ouzo*-Flasche aus dem Küchenregal und kehrte zurück in die Taverne.
»Da bitte, mein Mann meint, Sie können die Flasche mitnehmen.« Ich übergab sie ihm, und seine Augen leuchteten auf beim Anblick der Flasche.
»Wieviel?« fragte er.
»Nichts«, sagte ich verzweifelt. »Das ist allerdings die letzte Flasche, die wir haben.« Ich wollte, daß er ging. Sein Hosenschlitz stand immer noch auf.
»Ihr Mann ist sehr freundlich«, sagte er, und ich schob ihn zur Tür hinaus.
»Ist er Grieche?«
»Ja, natürlich!« antwortete ich.
Als ich die Tür hinter ihm geschlossen und verriegelt hatte, fiel mir auf, daß ich die Unterhaltung mit meinem "Mann" auf Englisch geführt hatte! So hatte er sowieso kein Wort verstehen können.
Am nächsten Tag traf ich Xristos im Dorf und erzählte ihm von dem komischen Mann und der Flasche *Ouzo*.
»*Leez*«, lachte er, »dieser Mann ist ein ortsbekannter Trinker vom Festland. Gestern als er ins Dorf kam, konnte er nicht mehr gerade gehen. Niemand gibt ihm hier auf der Insel einen Drink. Wir konnten nicht verstehen, wie er während seiner Arbeit wieder in solch einen Zustand geraten konnte.«
Xristos erzählte dann jedem in der Taverne von meinem Mißgeschick.
Eine Woche später, als ich auf dem Festland zum Bäcker fuhr,

mußte ich hinter einer Biegung plötzlich abrupt bremsen. Aus einem Loch mitten auf der Straße streckte ein Mann seinen Kopf heraus, es war der Mann "mit dem offenen Hosenschlitz"! Es gab keine Warnschilder, ich hätte den Mann fast enthauptet! Er hob langsam seinen Kopf, nahm seine Spitzhacke, mit der er mir zuwinkte, und grinste mich dabei dumm an! Vielleicht hat er diesen Straßenarbeiterjob nicht überlebt, denn ich habe ihn seitdem nicht mehr gesehen.

Nach fast zwei Monaten auf Trizonia war plötzlich der Frühling da! Aspassia hatte mir erzählt, daß der Frühling immer am 28. Februar beginnt. Der Schnee auf dem "Mud Mountain" war geschmolzen, und die Luft war warm. Ich stand auf meinem Balkon und brauchte keine Wollmütze und keine Thermo-Unterwäsche mehr. Von dem Tag an frühstückte ich draußen. Der Wechsel der Jahreszeiten war in der Natur zu sehen. Die Mandel- und Kirschbäume bekamen Knospen. In meinem Garten wuchsen winzig kleine, sternförmige Blumen, Krokusse, und kleine Glockenblumen steckten ihre Köpfe aus dem Boden.

Nun mußte ich nicht mehr den ganzen Tag so hart arbeiten, um meinen Kreislauf in Schwung zu halten. Vormittags saß ich draußen in der Sonne, meditierte, las und lernte Griechisch. Eines Morgens kam Ileas auf Panagia und brachte mir zwei Limonenbäume und einen Feigenbaum.

»Es ist jetzt wärmer, und wir können sie pflanzen«, sagte er. Er grub die Wurzeln tief ein und stampfte den Boden mit seinen Stiefeln fest. Ein dicker Pfahl wurde daneben gesetzt und mit einer Kordel am Baum befestigt.

»*Leez*, bevor es zu warm wird, mußt du etwas Humus für deine Bäume und den Garten holen.«

Danach quälte sich auch Aspassia den steilen Weg hoch. Sie hielt in jeder Kurve an. Nach einem Kaffee und vielen Ratschlägen, was ich in mein neu angelegtes Gemüsebeet pflanzen sollte, gingen wir los, um den Humus zu besorgen. Aspassia riet mir, unter den Büschen und Bäumen nachzuschauen, die nicht in der Sonne lagen. Mit meiner Schaufel hob ich die süßlich riechenden, verrotteten Blätter auf und lernte, wo die besten Humusplätze der Insel zu finden waren. Jeden Tag ging ich nun dieser befriedigenden Aufgabe nach. Wenn ich Selbstversorger sein wollte, mußte ich meinem Gemüse mehr Nahrung bieten.

Nach einem wunderschönen Spaziergang über eine mit einem Teppich von blauen Glockenblumen bedeckte Wiese, unter Olivenbäumen, kam ich an einen großen, grauen Stein, der die Form eines Stuhls hatte. Er lag in südwestlicher Richtung, und die Nachmittagssonne hatte ihn erwärmt. Ich setzte mich auf ihn.

Der Ausblick war unglaublich. Von diesem Punkt konnte ich das ganze Tal überblicken, wo sich das Quellwasser in der Nähe der alten Quelle sammelte, bis zu den silbrig-grünen Olivenhainen am Hügel auf der abgelegenen Seite der Insel. Dazwischen lag der Pfad zum Red Beach. Auf der anderen Seite des Meeres konnte man die hohen, noch schneebedeckten Berge sehen. Rechts von mir lag die Landzunge, die dem Hafen von Lepanto Schutz bot. Die einzigen Geräusche, die man hörte, waren das gelegentliche Kreischen eines Vogels, das Schreien eines Esels und der Klang der Glocken, die die Ziegen um ihren Hals trugen. Ich empfand es als Privileg, diese unverbrauchte Schönheit der Natur genießen zu können.

Im Winter und in den ersten Frühlingstagen verschwand die Sonne nachmittags um zwei Uhr hinter dem Balkon meines Hauses. Ich erledigte meine Haus- und Gartenarbeiten am Morgen und wanderte jeden Tag nach dem Mittagessen zu meinem Sonnenstein. Dort konnte ich mein vom Wetter gezeichnetes Gesicht bräunen, meditieren und in Frieden lesen.

Die Katzen lenkten mich immer ab, es war eine Erleichterung, mal ohne sie zu sein.

Das wurde also mein Tagesrhythmus. Ich mußte mir immer Ziele setzen, sonst wurde ich zu träge. Ich strich die Wassertanks, die Rohre, die Außenbeleuchtung, dekorierte die Taverne und strich die Decke, wo es im Herbst durchgeregnet hatte. Dann kümmerte ich mich weiter um den Garten, jetzt nur noch mit T-Shirt und Shorts bekleidet. Das Leben war einfach wunderbar.

An einem warmen Tag saß ich in völliger Stille auf meinem Stein und las. Plötzlich ein Schuß! Eine Kugel zischte an meinen Ohren vorbei und prallte an einem großen Stein hinter mir ab.

»Jesus!« atmete ich. »Was ist da los?«

Ich nahm mein Buch und flüchtete schutzsuchend in das halbfertige Franzosenhaus. Hinter einem Pfeiler versteckt schaute ich ins Tal und entdeckte zwei Männer mit Gewehren.

Peng! Krach!

Eine weitere Kugel schlug in meiner Nähe ein. Unter der Terrasse hockend, beobachtete ich die Männer. Bei dem Gedanken, daß sie auf mich schossen, weil ich eine "Fremde" war und meine Anwesenheit auf der Insel sie ärgerte, wurde ich verrückt.

Ich wartete ungefähr fünfzehn Minuten und versuchte, mich an die griechischen Worte für Gewehr und Schuß zu erinnern. Wären sie mir eingefallen, hätte ich die Männer angesprochen und gefragt, warum sie auf mich geschossen hatten. Frustriert und voller Angst lief ich zurück zu meinem Haus. Dort schüttete ich mir einen großen *Metaxa* ein und blätterte das Wörterbuch durch, um die passenden Worte nachzuschlagen - immer noch zitternd!

Mit dem Wörterbuch in der Hand wartete ich eine halbe Stunde, doch von den Terroristen war nichts mehr zu sehen. In der Nacht schloß ich meine Türen ab und legte eine stumpfe

Axt unter mein Kopfkissen.

Am nächsten Morgen wurde ich durch Schüsse ganz in der Nähe des Hauses aus tiefstem Schlaf gerissen, es folgten weitere Schüsse und weitere.

»So, jetzt ist Belagerung angesagt!« sagte ich mir.

Ich lief im Haus herum, verriegelte die Fenster mit Holzlatten und schloß mich im fensterlosen Kühlraum ein. Nach ungefähr einer Stunde merkte ich, daß ich mich zu Tode frieren würde, ging auf Zehenspitzen hinaus, die stumpfe Axt in der Hand, und schaute über den Balkon auf den Weg. Da waren die beiden Männer in Tarnanzügen, die Gewehre geschultert und schlenderten auf mein Haus zu.

»Hey, ihr beiden, warum schießt ihr auf mich?« polterte ich vom Balkon. Die Angst war in Ärger umgeschlagen.

Sie hielten an und schauten hoch. Ich duckte mich hinter dem Tisch.

»Was haben Sie gesagt, Madam?« fragte einer ganz höflich.

»Sie haben gehört, was ich gesagt habe. Sie haben heute auf mein Haus geschossen und gestern auf mich, als ich im Feld saß.«

Sie schüttelten ihre Köpfe und lachten. »*Oxi, madam. Lathos einai* (Das ist ein Irrtum). Wir sind hier, um Vögel zu schießen. Die Saison hat begonnen.«

Daraufhin präsentierten sie mir ihre Mordopfer, zwei Elstern und einen mitleiderregenden Sperling, die Köpfe baumelten nach unten.

»Gut, aber schießt nicht mehr so nahe bei meinem Haus«, befahl ich ihnen.

Ich zog mich zurück in mein "Allerheiligstes", meine Knie zitterten noch. Was für ein Idiot ich doch war! Ich hatte vergessen, daß die Griechen Vögel schießen, nicht als Sport, sondern zum Essen. Es muß ein Überbleibsel aus dem Krieg sein, als sie gezwungen waren, jedes Lebewesen zu essen, um nicht zu verhungern.

Jeder in Griechenland hatte ein Gewehr, aber nicht immer eine Lizenz. Alle lebten noch in der Angst, von Türken, Italienern oder Engländern besetzt zu werden. Wenn man die hellenische Geschichte verfolgt, kann man ihre Schießwütigkeit sogar verstehen. Ich wollte aber nicht als Zielscheibe dienen.

Ab März war Trizonia wie umgewandelt. Die Haustüren blieben den ganzen Tag offen, Häuser und Schiffe wurden frisch gestrichen, Matratzen, Decken und Wäsche hinausgetragen und gereinigt. Die Dorfbewohner saßen in der Sonne, lächelten und tranken Kaffee. Die Fischerboote kreisten nachts in der Bucht mit ihren großen Lampen auf der Suche nach Tintenfischen. Ich hörte das Klatschen, wenn sie ihren morgendlichen Fang auf den Steinen weichklopften. Schafe wurden vom Festland in kleinen *Caiquen* herübergebracht. Sie blökten während der Überfahrt und grasten dann auf der immer noch grünen Insel. Ostern näherte sich, und die Lämmer und Zicklein wurden gemästet für ihr unvermeidliches Schicksal auf dem Spieß. Die Mandelbäume standen in voller Blüte. Blumen drängten sich aus dem Boden; roter Mohn in Hülle und Fülle, Kamille und Gänseblümchen reckten sich der Sonne entgegen. Der Frühling war wirklich da!

Ich war jetzt bereits über zwei Monate allein auf einer kleinen Insel - einer *"xeni"* - in Griechenland und hatte überlebt. Ich hatte mit dem Wetter gekämpft - abends brauchte ich noch immer ein Feuer -, mein Griechisch verbessert, eine Menge über Selbstversorgung gelernt und erfahren, wo Wildpflanzen und Spargel zu finden waren.
Gleichmäßig mit Humus versorgt, wuchsen in meinem Garten jetzt Spinat, Salat und Bohnen. Während des Sommers würde ich mich mit Obst und Gemüse selbst versorgen können. Die Taverne sah sauber aus, und ich würde bald wieder

für "Jachties" öffnen. Ich hoffte, daß viele Besucher und Freunde vorbeikommen würden.

Doch war das genug? Ich war stolz auf das, was ich in den letzten achtzehn Monaten erreicht hatte. Gewiß, ich hatte mein Leben verändert, doch schlich sich ein leichter Zweifel ein. War es genug, den Tag bei seichtem Geschwätz mit meinen griechischen Freunden zu verbringen, zu schwimmen oder die Sonne zu genießen? Reichte es, die Rolle der Vertrauten zu spielen für die immer wechselnden Besatzungen der vorbeiziehenden Jachten? Nein, ich brauchte ein "raison d'être". Ich wußte, wenn mein Leben hier richtig funktionieren sollte, mußte es einen Sinn haben. Was könnte ich aber machen?

Als die Post erwartet wurde, ging ich ins Dorf. Ich wollte meine Briefe diesmal abholen, bevor sie vom Wind weggeblasen wurden. Vlassis kam, blies in sein Horn und las die Namen vor. Er verteilte alles, bis auf zwei Briefe. Er drehte sie um, betrachtete die Vorder- und Rückseite und übergab sie mir mit dem Ausruf »*Leez Parkerre*«. Einer war von der Einkommensteuerstelle, der andere trug eindeutig Martinas Handschrift. Ich bat Xristos um einen Kaffee und setzte mich unter den Maulbeerbaum, um den Brief zu lesen. Es war nur eine Postkarte mit "Häusern aus Wimbledon". Martina hatte mit einem Stift Regen und schwarze Wolken hinzugefügt. »Das Wetter hier ist der Jahreszeit entsprechend! Ich kann es kaum erwarten, von dir zu hören, wie du den Winter verbracht hast. Ich werde am elften März ankommen, O.K.? Ich komme zur gewohnten Zeit, wenn ich von dir nichts Gegenteiliges höre. Mart.« Er war datiert vom zweiten Februar.

»Was für ein Datum ist heute, Xristos?« fragte ich.

»Heute, *Leez*, ist Freitag, der elfte März.«

KAPITEL 14

ENDE

Es gibt für mich keinen besseren Weg, Ideen zu formulieren und mir gedankliche Klarheit zu verschaffen, als in einem Gespräch mit einem Freund. Martina kam im Dorf an, und mir wurde klar, wie sehr ich sie und den Austausch vermißt hatte, der nur unter verwandten Seelen stattfinden kann und mit jemanden, der die gleiche Sprache spricht. All die zurückgehaltenen Emotionen, Zweifel und Ängste, die sich in den letzten drei Monaten aufgestaut hatten, strömten aus mir heraus, als wir zusammen in der Taverne saßen.

»So Liz, wenn du daran zweifelst, ob du den Rest deines Lebens in der Taverne verbringen willst und weißt, daß du nicht glücklich bei dieser Arbeit wirst, welche anderen Wege könntest du gehen, um weiter hier zu leben, vorausgesetzt, du möchtest das noch?«

»Ja, ich möchte weiter hier in Griechenland leben, und ich bin nicht so defätistisch, daß ich den Jachtklub schon nach einem Jahr aufgebe. Alison kann ihn führen. Ich möchte meinen Gästen auch Nahrung für den Geist und nicht nur für den Körper liefern. Ich warte noch auf meine Antwort im metaphysischen Sinne. Das Hospital hat mir im November mitgeteilt, daß ich keinen Krebs mehr habe und daß ich nur einmal im Jahr zu einem Check-up kommen muß. Ich glaube, ich bin geheilt, ich kann also hier leben. Kannst du dir vorstellen, ich bin fünfundfünfzig Jahre alt und habe all die Jahre gebraucht, mir diesen Traum zu erfüllen. Jetzt, wo ich ihn verwirklicht habe, suche ich nach mehr! Wie widersprüchlich ich doch bin, ich glaube, das ist ein typischer Wesenszug der Waage.«

»Lizzie, auch Träume ändern sich. Du weißt, wenn du einen

sich immer wiederholenden Traum hast und wenn sich dieser Traum dann verwirklicht, hörst du auf, ihn zu träumen!«
»Mmm - das ist wirklich so. Vielleicht sollte ich jetzt nach Indien reisen, wo ich geboren bin und dort meine Wurzeln suchen, oder ich könnte ein Heilungscenter hier in Griechenland aufbauen oder vielleicht...?«

Charakterzüge der Waage:
Unentschlossenheit, Verlangen nach Harmonie
und Ausgeglichenheit, der Wunsch, anderen
zu helfen...

ENDE FÜRS ERSTE

Weitere Publikationen im Melina-Verlag:

Zypern - byzantinische Kirchen und Klöster

Byzantinische Fresken und Mosaiken von 39 Kirchen und Klöster mit einer umfangreichen geschichtlichen Einführung.
Von Ewald Hein, Andrija Jakovljevic, Brigitte Kleidt
Gebunden mit Schutzumschlag, 198 S. mit 190 Farbb., 29 x 24 cm
DM 79,00
1996, Deutsch, ISBN 3-929255-21-9
1997, Englisch, ISBN 3-929255-15-4

Tibet - Der Weiße Tempel von Tholing

400 Jahre alte Tempelmalerei im Westen von Tibet mit einem Vorwort vom Dalai Lama. Umfangreicher historischer Überblick der Entwicklung des Buddhismus in Tibet.
Von Ewald Hein und Günther Boelmann
Gebunden mit Schutzumschlag, 188 S. mit 52 Farbb., 29 x 24 cm,
DM 79,00, 1994, Deutsch, ISBN 3-929255-06-5

Äthiopien - christliches Afrika
Kunst, Kirchen und Kultur

Im zerklüfteten, teils schwer zugänglichen Hochland von Äthiopien sind Stätten eines lebendigen Christentums zu finden, die älter als die christlichen Kirchen Europas sind. Zeugnis der uralten Tradition findet man in der alten Hauptstadt Abessiniens, Axum, in der sich bis zum heutigen Tage die Bundeslade befinden soll. Der Bildband dokumentiert die herrlich ausgemalten Kirchen in diesem christlichen Teil Afrikas.
Von Ewald Hein und Brigitte Kleidt
Gebunden mit Schutzumschlag, ca. 210 S. mit 200 Farbb., 29 x 24 cm,
DM 79,00
Deutsch, ISBN 3-929255-27-8
Englisch, ISBN 3-929255-28-6
Erscheinungstermin Ende 1998